名探偵コナン

長野県警セレクション　宿命の三人組《トリオ》

酒井 匙／著
青山剛昌／原作・イラスト

JN207639

★小学館ジュニア文庫★

風《ふう》林《りん》火《か》山《ざん》 迷《めい》宮《きゅう》の鎧《よろい》武《む》者《しゃ》／陰《かげ》と雷《らい》光《こう》の決《けつ》着《ちゃく》

DETECTIVE CONAN

NAGANO POLICE SELECTION

息子《むすこ》の死《し》について調《しら》べてほしい——。

長野《ながの》の名家当主《めいかとうしゅ》からそんな依頼《いらい》を受《う》け、探偵《たんてい》・毛利小五郎《もうりこごろう》は、毛利蘭《もうりらん》、江戸川《えどがわ》コナンと共《とも》に、指定《してい》された住所《じゅうしょ》へと向《む》かった。

そこにあったのは、どっしりとした表門《おもてもん》を構《かま》えた和風邸宅《わふうていたく》だ。

小五郎《こごろう》たち一行《いっこう》は、広々《ひろびろ》とした座敷《ざしき》へ通《とお》され、そこで着物姿《きものすがた》の依頼人《いらいにん》と対面《たいめん》した。

挨拶《あいさつ》もそこそこに、依頼人《いらいにん》がさしだしたのは、一枚《いちまい》の写真《しゃしん》だった。

そこには、仰向《あおむ》けに倒《たお》れた一人《ひとり》の男性《だんせい》が写《うつ》っている。目《め》を見開《みひら》き、亡《な》くなっているようだ。男性《だんせい》の頭《あたま》の下《した》には、大《おお》きな血《ち》だまりができていた。

「ほォー…。全身《ぜんしん》を強《つよ》く打《う》ち、頭《あたま》を割《わ》り…出血多量《しゅっけつたりょう》で死亡《しぼう》…。転落死《てんらくし》ですか？」

写真《しゃしん》を見《み》ながら小五郎《こごろう》が聞《き》くと、依頼人《いらいにん》は「そうじゃ…」とうなずいた。

「儂《わし》の唯一《ゆいいつ》の跡取《あとと》り息子《むすこ》の義郎《よしろう》は、そんな酷《ひど》い殺《ころ》され方《かた》をしたんじゃよ…。この虎田家《とらだけ》に恨《うら》みを持《も》つ…無慈悲《むじひ》な鬼《おに》の手《て》にかかってな…」

依頼人《いらいにん》の名前《なまえ》は、虎田直信《とらだなおのぶ》。

恰幅《かっぷく》のよい六十一歳《ろくじゅういっさい》の男性《だんせい》で、虎田家《とらだけ》の当主《とうしゅ》だ。

「じゃあ、誰《だれ》かに高《たか》い所《ところ》から突《つ》き落《お》とされたとか？」

「いや、竜巻《たつまき》じゃ…。息子《むすこ》は竜巻《たつまき》に遭《お》うて中空《ちゅうくう》に吸《す》い上《あ》げられ、岩場《いわば》に落《お》ちて死《し》んだんじゃよ…。その舞《ま》い上《あ》がる様《さま》を何人《なんにん》もが見《み》ておって、息子《むすこ》の亡骸《なきがら》が見《み》つかったのは丸一日《まるいちにち》経《た》った後《あと》じゃったわい…」

直信《なおのぶ》の言葉《ことば》を聞《き》いた小五郎《こごろう》は、戸惑《とまど》ったように眉《まゆ》をひそめた。

「た、竜巻《たつまき》って…あんた、さっき殺《ころ》されたって言《い》ってたじゃないですか？」

「よう見《み》てみなされ、毛利殿《もうりどの》…。息子《むすこ》の頭《あたま》から流《なが》れ出《で》た血《ち》の中《なか》に何《なに》か見《み》えぬか？」

「ん～？」

小五郎《こごろう》が、写真《しゃしん》をのぞきこむ。

その横《よこ》ではコナンが、ちゃっかり一緒《いっしょ》に写真《しゃしん》をのぞきこんでいた。

「よーく目《め》を凝《こ》らせば見《み》えるじゃろう…。そこにあるべきではない物《もの》が…」

次《つぎ》の瞬間《しゅんかん》、小五郎《こごろう》たちは「!?」と息《いき》をのんだ。

亡《な》くなった直信《なおのぶ》の息子《むすこ》、虎田義郎《とらだよしろう》の遺体《いたい》の顔《かお》のすぐ横《よこ》に、細長《ほそなが》い虫《むし》が写《うつ》っていたのだ。

「ム、ムカデ～!!」

蘭《らん》が気味悪《きみわる》そうに叫《さけ》ぶ。

「その百足《むかで》の死骸《しがい》は一旦《いったん》踏《ふ》まれた後《あと》、血《ち》が乾《かわ》く前《まえ》に置《お》かれたそうじゃ…」と、直信《なおのぶ》。

その時《とき》ちょうど座敷《ざしき》の障子戸《しょうじど》が開《あ》き、暗《くら》い色《いろ》の和服《わふく》を着《き》た女性《じょせい》が姿《すがた》を見《み》せた。

虎田達栄《とらだたつえ》、五十八歳《ごじゅうはっさい》。直信《なおのぶ》の妻《つま》だ。

達栄《たつえ》は無表情《むひょうじょう》に「つまりその者《もの》は…」と続《つづ》けた。

「そんな有様《ありさま》の息子《むすこ》を見《み》つけたにもかかわらず、助《たす》けを呼《よ》ぶどころか…いい気味《きみ》だといわんばかりにおぞましい虫《むし》を添《そ》えて立《た》ち去《さ》り、見殺《みごろ》しにしたという事《こと》ですわ！」

「し、しかし誰《だれ》かが踏《ふ》んで殺《ころ》した百足《むかで》が、竜巻《たつまき》の風《かぜ》に飛《と》ばされて偶然《ぐうぜん》そこに…」

言《い》いかけた小五郎《こごろう》を、直信《なおのぶ》がさえぎる。

「その遺体《いたい》を見《み》つけた繁次《しげつぐ》が言《い》っておったわい…。『あの辺《あた》りに百足《むかで》なんぞいない…兄《あに》は見殺《みごろ》しにされた』とな…」

「兄《あに》？　見《み》つけたのは弟《おとうと》さん？　唯一《ゆいいつ》の跡取《あとと》り息子《むすこ》じゃなかったんスか？」

「フン…。ありもしない宝探《たからさが》しに惚《ほう》けているあんなうつけ者《もの》…もう息子《むすこ》とは思《おも》うとらんわ！」

直信《なおのぶ》が冷《ひ》ややかに言《い》う。

義郎《よしろう》の遺体《いたい》の第一発見者《だいいちはっけんしゃ》は、弟《おとうと》の虎田繁次《とらだしげつぐ》。しかし繁次《しげつぐ》は、趣味《しゅみ》のトレジャーハンティングに熱中《ねっちゅう》していて家《いえ》に居《い》つかず、直信《なおのぶ》の不興《ふきょう》を買《か》っているようだ。

「それで？　犯人《はんにん》の心当《こころあ》たりあるんでしょ？　恨《うら》まれてるって言《い》ってたし！」

大人《おとな》の会話《かいわ》にぐいぐい口《くち》をはさむコナンを、蘭《らん》が「コナン君《くん》！」とあわてて注意《ちゅうい》する。

「ええ…。この虎田家《とらだけ》と長年《ながねん》いがみ合《あ》って来《き》た…龍尾家《たつおけ》の一族《いちぞく》…。息子《むすこ》を見殺《みごろ》しにした悪《あく》魔《ま》は、きっとあの中《なか》に…」

達栄《たつえ》が目《め》に怒《いか》りをにじませて言《い》う。

「フン…その罰《ばち》が当《あ》たって、向《む》こうの息子《むすこ》も、この前死《まえし》んだらしいがのォ…」

直信《なおのぶ》の言葉《ことば》に、小五郎《こごろう》は「し、死《し》んだ？」と驚《おどろ》いた。

「はい…。それをあろう事《こと》か虎田家《とらだけ》の仕業《しわざ》と決《き》めつけ、あんな愚行《ぐこう》に出《で》るなんて…」と、達栄《たつえ》。

「だから儂《わし》も奴《やつ》らに対抗《たいこう》して、あんたを呼《よ》んだんじゃ！」と、直信《なおのぶ》。

「――って事《こと》は、その龍尾家《たつおけ》の人達《ひとたち》も…」

小五郎《こごろう》が聞《き》くと、直信《なおのぶ》は「ああ…」といまいましそうにうなずいた。

「警察《けいさつ》も四苦八苦《しくはっく》しておる息子《むすこ》の死《し》の謎《なぞ》を、解《と》き明《あ》かしてくれと呼《よ》んだそうじゃ…。腕利《うでき》きの探偵《たんてい》をな…」

龍尾家《たつおけ》はいったい、誰《だれ》を呼《よ》んだのだろう。

コナンは（探偵《たんてい》…？）と不思議《ふしぎ》そうな表情《ひょうじょう》を浮《う》かべた。


龍尾家《たつおけ》が呼《よ》んだ探偵《たんてい》というのは、服部平次《はっとりへいじ》のことだった。

幼《おさな》なじみの遠山和葉《とおやまかずは》と共《とも》に、平次《へいじ》は龍尾家《たつおけ》が所有《しょゆう》する邸宅《ていたく》へと招《まね》かれていた。

そこで見《み》せられたのは、亡《な》くなった息子《むすこ》、龍尾康司《たつおこうじ》の遺体《いたい》の写真《しゃしん》だ。首《くび》から下《した》を山盛《やまも》りの土《つち》に埋《う》められ、頭《あたま》から血《ち》を流《なが》してこと切《き》れた、無残《むざん》な姿《すがた》で写《うつ》っている。血《ち》まみれの額《ひたい》には、百足《むかで》の死骸《しがい》が貼《は》りついていた。

「へぇー…。体《からだ》を縛《しば》った上《うえ》に、土《つち》に埋《う》めて…頭《あたま》を鈍器《どんき》で何《なん》べんも殴《なぐ》って撲殺《ぼくさつ》…。おまけにその血《ち》ィが乾《かわ》く前《まえ》に…百足《むかで》の死骸《しがい》を置《お》いて逃《に》げよったんか…。こらまたけったいな殺《ころ》され方《かた》やのォ…」

写真《しゃしん》を見《み》ながらつぶやく平次《へいじ》の横《よこ》で、和葉《かずは》は「きしょー…」と鳥肌《とりはだ》を立《た》てている。

「ほんで？　警察《けいさつ》はどないゆうてんねん？」

「それが…同《おな》じ答《こた》えを繰《く》り返《かえ》すばかりで…。捜査中《そうさちゅう》、捜査中《そうさちゅう》と…。だから君《きみ》を呼《よ》んだんだよ、服部君《はっとりくん》…。大阪府警《おおさかふけい》の大滝君《おおたきくん》に頼《たの》んでね…。君《きみ》の名探偵《めいたんてい》ぶりは彼《かれ》によく聞《き》かされていたから…」

平次《へいじ》の質問《しつもん》に答《こた》えたのは、龍尾家《たつおけ》の当主《とうしゅ》の、龍尾為史《たつおためふみ》。眼鏡《めがね》をかけた中肉中背《ちゅうにくちゅうぜい》の男性《だんせい》で、年齢《ねんれい》は五十六歳《ごじゅうろくさい》だ。

「大滝《おおたき》ハンの知《し》り合《あ》いなん？」

和葉《かずは》に聞《き》かれ、平次《へいじ》は「ああ…高校《こうこう》の野球部《やきゅうぶ》のOB《オービー》やったらしいで…」と答《こた》えた。

平次《へいじ》と和葉《かずは》の父親《ちちおや》はともに警察関係者《けいさつかんけいしゃ》で、大阪府警《おおさかふけい》の大滝悟郎刑事《おおたきごろうけいじ》とは小《ちい》さな頃《ころ》から交流《こうりゅう》がある。為史《ためふみ》は、その大滝《おおたき》から平次《へいじ》の評判《ひょうばん》を聞《き》いて、今回《こんかい》の依頼《いらい》を決《き》めたようだ。

為史《ためふみ》はグッと身《み》を前《まえ》にのりだすと、あらためて平次《へいじ》に頼《たの》みこんだ。

「何《なん》とか頼《たの》むよ、服部君《はっとりくん》！　警察《けいさつ》ではまだ、息子《むすこ》の康司君《こうじくん》が誰《だれ》になぜあんな殺《ころ》され方《かた》をしたのか、皆目見当《かいもくけんとう》がついていないようだし…」

「ん？　大滝《おおたき》ハンはもう犯人《はんにん》の目星《めぼし》ついてるらしいてゆうてたけど…」

「あ、目星《めぼし》というか…」

為史《ためふみ》が言《い》いよどむと、部屋《へや》に一人《ひとり》のおばあさんが入《はい》ってきて口《くち》をはさんだ。

「腹《はら》いせじゃよ…。自分《じぶん》の所《ところ》の息子《むすこ》が死《し》んだのは我《われ》ら龍尾家《たつおけ》のせいじゃと逆恨《さかうら》みして、康司《こうじ》を殺《あや》めたのじゃ…あの虎田家《とらだけ》の誰《だれ》かがのォ…」

かくしゃくとしたこのおばあさんは龍尾盛代《たつおしげよ》、七十八歳《ななじゅうはっさい》。為史《ためふみ》の母親《ははおや》だ。

「お、お母様《かあさま》!!　まだそうと決《き》まったわけじゃ…」

「まだそんな寝《ね》ぼけた事《こと》を申《もう》すか！　あの恨《うら》みのこもった殺《あや》め方《かた》、奴《やつ》らの仕業《しわざ》に相違《そうい》ないわ！」

盛代《しげよ》がぴしゃりと為史《ためふみ》を叱《しか》りとばす。

「その死体《したい》、見《み》つけたんは誰《だれ》や？」

「ああ…もう1人《り》の息子《むすこ》の…景《あきら》だよ！　流鏑馬《やぶさめ》の練習《れんしゅう》の帰《かえ》りに見《み》つけたと言《い》っていたよ…」

平次《へいじ》の質問《しつもん》に為史《ためふみ》が答《こた》えると、「流鏑馬《やぶさめ》ゆうたら、馬《うま》に乗《の》ったまんま弓射《ゆみい》るっちゅう…」

と和葉《かずは》がつぶやいた。

「ああ…。景《あきら》はこの村一番《むらいちばん》の使《つか》い手《て》で、祭《まつ》りになるといつもその技《わざ》を披露《ひろう》しているんだ…」

「今《いま》、どこにおんねん？　その景《あきら》さん…」

平次《へいじ》が聞《き》くと、為史《ためふみ》と盛代《しげよ》は「裏《うら》の林《はやし》で練習《れんしゅう》をしていると思《おも》うよ…」「祭《まつ》りが近《ちか》いからのォ…」と口々《くちぐち》に答《こた》えた。

龍尾家《たつおけ》の裏手《うらて》にある林《はやし》には、パッカパッカと馬《うま》の足音《あしおと》が軽快《けいかい》に響《ひび》いていた。

馬《うま》に乗《の》っているのは、龍尾景《たつおあきら》。三十二歳《さんじゅうにさい》で、為史《ためふみ》の息子《むすこ》だ。

景《あきら》が馬上《ばじょう》で弓《ゆみ》を引《ひ》く。すると勢《いきお》いよく矢《や》が放《はな》たれ、的《まと》の中央《ちゅうおう》に見事《みごと》に命中《めいちゅう》した。

「ふう…」

「全射的中《ぜんしゃてきちゅう》！　さすがね、景《あきら》さん！」

景《あきら》が馬《うま》を止《と》めると、ロングヘアの女性《じょせい》が、パチパチと拍手《はくしゅ》をしながら近《ちか》づいてきた。景《あきら》の妻《つま》で、二十七歳《にじゅうななさい》の、龍尾綾華《たつおあやか》だ。

「ああ…。これで何《なん》とか…次《つぎ》の祭《まつ》りも流鏑馬《やぶさめ》の射手《いて》を、やらせてもらえそうだよ…」

「そうなれば6年連続《ねんれんぞく》！　もう流鏑馬《やぶさめ》の射手《いて》はアナタって決《き》めちゃえばいいのに！」

うっとりと言《い》う綾華《あやか》に、景《あきら》は軽《かる》く苦笑《くしょう》しながら首《くび》を振《ふ》った。

「いやいや、まだ先輩《せんぱい》の域《いき》には達《たっ》してないさ…」

と、そこへ、「あのー…あなたが景《あきら》さん？」と声《こえ》をかけてきた男《おとこ》がいた。

小五郎《こごろう》だ。後《うし》ろには、コナンと蘭《らん》の姿《すがた》もある。

「あ、はい…」

「私《わたし》、東京《とうきょう》から来《き》た探偵《たんてい》の毛利小五郎《もうりこごろう》という者《もの》ですが…。よろしければ、康司《こうじ》さんの遺体《いたい》を見《み》つけた時《とき》の状況《じょうきょう》を、詳《くわ》しく話《はな》して…」

「え？　ええ…構《かま》いませんけど…」

景《あきら》はうなずきながらも、少《すこ》し困惑《こんわく》したような表情《ひょうじょう》だ。

「ん？　答《こた》えづらい訳《わけ》でもあるんですか？」

小五郎《こごろう》が怪《あや》しむように聞《き》く。

「あ、いや…。先程《さきほど》、全《まった》く同《おな》じ事《こと》を聞《き》かれたもので…大阪弁《おおさかべん》の少年探偵《しょうねんたんてい》に…」

それを聞《き》いた途端《とたん》、小五郎《こごろう》と蘭《らん》は「お、大阪弁《おおさかべん》の…」「少年探偵《しょうねんたんてい》って…」とつぶやき、
コナンも（まさか…）と心《こころ》の中《なか》で驚《おどろ》いていた。

大阪弁《おおさかべん》の少年探偵《しょうねんたんてい》と聞《き》いて連想《れんそう》するのは、もちろん服部平次《はっとりへいじ》のことだ。


平次《へいじ》は和葉《かずは》を連《つ》れて、小五郎《こごろう》たちより一足早《ひとあしはや》く聞《き》き込《こ》みを開始《かいし》していた。

そして景《あきら》の話《はなし》を聞《き》いた後《あと》、今度《こんど》は虎田繁次《とらだしげつぐ》に話《はなし》を聞《き》くため、虎田家《とらだけ》を訪《たず》ねた。

中庭《なかにわ》に通《とお》され、そこで待《ま》っていると、障子《しょうじ》が開《あ》いて繁次《しげつぐ》が姿《すがた》を見《み》せた。

小太《こぶと》りで無精《ぶしょう》ヒゲを生《は》やした、三十一歳《さんじゅういっさい》の男性《だんせい》だ。

「ん？　兄《あに》の死体《したい》を見《み》つけた時《とき》の事《こと》を聞《き》きに来《き》た？　君《きみ》、どっからそれを…」

「流鏑馬《やぶさめ》の射手《いて》やってる、景《あきら》っちゅうオッサンに聞《き》いたんや！　百足《むかで》に関係《かんけい》する死体《したい》やったら、あんたも見《み》つけたってな！」と、平次《へいじ》。

「あ、ああ…確《たし》かに、死体《したい》のそばに百足《むかで》の死骸《しがい》があるのを見《み》つけたけど、ただそれだけだよ…。そりゃー最初《さいしょ》は僕《ぼく》も、虎田家《ウチ》を嫌《きら》ってる龍尾家《たつおけ》の嫌《いや》がらせかと思《おも》ったけど…。向《む》こうの家《いえ》の康司《こうじ》も似《に》たような殺《ころ》され方《かた》したっていうし…」

「けど何《なん》で百足《むかで》なん？」

和葉《かずは》が聞《き》くと、繁次《しげつぐ》は「さあ…」と肩《かた》をすくめた。

「あんたトコの虎田家《とらだけ》とその龍尾家《たつおけ》、百足《むかで》に何《なに》か因縁《いんねん》があるんとちゃうんか？」

平次《へいじ》がなおも追及《ついきゅう》すると、繁次《しげつぐ》は「ウーン…」と首《くび》をひねった。

「因縁《いんねん》なんかないけど…。百足《むかで》の絵《え》なら祭《まつ》りで見《み》かけた事《こと》があるような…」

「祭《まつ》り？」

繁次《しげつぐ》は、部屋《へや》の方《ほう》を振《ふ》り返《かえ》った。和室《わしつ》の中央《ちゅうおう》に、日本《にほん》の鎧《よろい》が飾《かざ》られている。

「その流鏑馬《やぶさめ》をやる祭《まつ》りで、村《むら》の男衆《おとこしゅう》が戦《いくさ》の真似事《まねごと》をするんだよ…。あの鎧《よろい》を身《み》に付《つ》けてね…。まぁ鎧《よろい》っていっても、村《むら》から支給《しきゅう》された安《やす》いプラスチック製《せい》で…かなり軽《かる》いんだけどな…。その祭《まつ》りのどこかで見《み》たような感《かん》じがするんだよ…。百足《むかで》の絵柄《えがら》を…」

「どこでや？　胴《どう》かなんかに描《か》いてあったんか？」

「トンボやったら、兜《かぶと》につけてる戦国武将《せんごくぶしょう》がいてはった気《き》ィするんやけど…」

和葉《かずは》が思《おも》い出《だ》したようにつぶやく。

すると繁次《しげつぐ》が「武将《ぶしょう》っていったら、君達《きみたち》の他《ほか》にも同《おな》じ事《こと》を聞《き》きに来《き》た探偵《たんてい》がいたよ…」

となにげなく言《い》った。

「探偵《たんてい》？」と平次《へいじ》。

「ああ…。東京《とうきょう》から来《き》た探偵《たんてい》で…名字《みょうじ》がどっかの武将《ぶしょう》と同《おな》じだったなぁ…。織田《おだ》でもないし…徳川《とくがわ》でもなくて…」

「まさか毛利《もうり》とちゃうか？」

平次《へいじ》が聞《き》くと、繁次《しげつぐ》は「そうそう、毛利元就《もうりもとなり》の毛利《もうり》だ！」とうなずいた。

「蘭《らん》ちゃんトコのおっちゃんや！」と、和葉《かずは》。

「ほんなら眼鏡《めがね》かけた小《ち》っさいボウズもおったやろ？」と、平次《へいじ》。

「あ、ああ…。その探偵《たんてい》より熱心《ねっしん》に事件《じけん》の事《こと》を聞《き》いてたよ…」

繁次《しげつぐ》の答《こた》えを聞《き》くと、平次《へいじ》は（工藤《くどう》やー!!）と心《こころ》の中《なか》で大喜《おおよろこ》びした。

「似《に》たような奇妙《きみょう》な死体《したい》を景《あきら》も見《み》つけたって言《い》ったら、すっ飛《と》んで行《い》ったなぁ…」

「そういえばその景《あきら》さん、6年前《ねんまえ》にも変《へん》な事故《じこ》で人《ひと》が亡《な》くなったってゆうてはったんやけど、ホンマなん？」

和葉《かずは》が聞《き》くと、繁次《しげつぐ》は一瞬言葉《いっしゅんことば》を詰《つ》まらせ、答《こた》えづらそうに口《くち》を開《ひら》いた。

「あ、ああ…。亡《な》くなったのは、その年《とし》の祭《まつ》りで流鏑馬《やぶさめ》の射手《いて》を任《まか》されていた甲斐玄人《かいくろと》さんで…その練習中《れんしゅうちゅう》に崖《がけ》から落《お》ちたって聞《き》いたけど…」

「その事《こと》、詳《くわ》しゅう知《し》っとるんは誰《だれ》や？」

「死《し》んだ兄《あに》の嫁《よめ》の由衣《ゆい》さんかなぁ…。その遺体《いたい》を見《み》つけたの彼女《かのじょ》だから…」

「今《いま》、どこにおんねん？」

平次《へいじ》が質問《しつもん》を重《かさ》ねると、繁次《しげつぐ》は家《いえ》を囲《かこ》む塀《へい》の向《む》こう側《がわ》に見《み》える建物《たてもの》の方《ほう》へ視線《しせん》を投《な》げた。

「塀《へい》の向《む》こうに馬小屋《うまごや》が見《み》えるだろ？　この時間《じかん》なら馬《うま》の世話《せわ》をしてんじゃないかな…」


繁次《しげつぐ》の話《はなし》を聞《き》いた平次《へいじ》は、和葉《かずは》と共《とも》に馬小屋《うまごや》に向《む》かってダッと駆《か》けだした。

（工藤《くどう》や！　工藤《くどう》も事件《じけん》の匂《にお》いに誘《さそ》われて来《き》てたんや！　やっぱりオレとお前《まえ》は似《に》た者同《ものどう》

士《し》！　同《おんな》じ穴《あな》のムジナっちゅうわけや‼）

馬小屋《うまごや》からは、誰《だれ》かと言《い》い争《あらそ》うような女性《じょせい》の声《こえ》が聞《き》こえてくる。

「ちょっともう勘弁《かんべん》してよ‼　主人《しゅじん》を亡《な》くしてまだ日《ひ》が浅《あさ》いのに、６年前《ねんまえ》の死体《したい》の事《こと》なんて思《おも》い出《だ》したくないわよ！　もう帰《かえ》ってくれる⁉」

（おーやっとるやっとる！　しつこく聞《き》いてんのは毛利《もうり》のオッサンやな！）

馬小屋《うまごや》の中《なか》には小五郎《こごろう》がいて、嫌《いや》がる女性《じょせい》からしつこく話《はなし》を聞《き》こうとしているにちがいない。そう確信《かくしん》しつつ、平次《へいじ》はガラッと馬小屋《うまごや》の扉《とびら》を開《あ》けた。

「コラ！　そんぐらいで勘弁《かんべん》…しとき…」

ところがそこにいたのは、黒《くろ》いスーツを着《き》くずした、背《せ》の高《たか》い、見知《みし》らぬ男性《だんせい》だった。長《なが》い髪《かみ》をオールバックにして、無精《ぶしょう》ヒゲを生《は》やしている。左目《ひだりめ》は十字《じゅうじ》に走《はし》る傷跡《きずあと》でふさがれ、右目《みぎめ》だけが開《あ》いた隻眼《せきがん》で、鋭《するど》い目《め》つきで周囲《しゅうい》を見《み》すえていた。

すぐそばには、黒髪《くろかみ》を後《うし》ろで一《ひと》つにまとめた女性《じょせい》が立《た》っている。

「何《なん》じゃ小僧《こぞう》…」

スーツの男《おとこ》ににらみつけられ、平次《へいじ》は思《おも》わず敬語《けいご》になりながら聞《き》いた。

「あ、いや…オールバックでチョビヒゲのマヌケ面《づら》の探偵《たんてい》…知《し》らはりません？」

「あん？」

その時《とき》、平次《へいじ》の背後《はいご》で「悪《わる》かったなマヌケ面《づら》でよ…」と小五郎《こごろう》の声《こえ》がした。

驚《おどろ》いて振《ふ》り返《かえ》ると、そこには小五郎《こごろう》と蘭《らん》、そしてコナンが立《た》っている。

「あ…。服部君《はっとりくん》と和葉《かずは》ちゃん！　久《ひさ》し振《ぶ》り♥」

「元気《げんき》やったー？」

蘭《らん》と和葉《かずは》が再会《さいかい》を喜《よろこ》び合《あ》うのをしりめに、コナンは平次《へいじ》を見《み》て、（やっぱりコイツだったか…）と脱力《だつりょく》した。コナンの予想《よそう》どおり、虎田家《とらだけ》は小五郎《こごろう》に、そして龍尾家《たつおけ》は平次《へいじ》に、跡取《あとと》り息子《むすこ》の死《し》についての調査《ちょうさ》を依頼《いらい》していたのだ。

「んで？　その人相《にんそう》の悪《わる》い男《おとこ》は何《なん》なんだ？」

小五郎《こごろう》が、スーツの男《おとこ》を怪《あや》しげににらむ。

「さぁ、知《し》らん…」

平次《へいじ》が答《こた》えると、スーツの男《おとこ》はフンと鼻《はな》を鳴《な》らしながら警察手帳《けいさつてちょう》を見《み》せた。

「俺《おれ》はこの事件《じけん》を担当《たんとう》している…長野県警《ながのけんけい》の大和敢助《やまとかんすけ》だ!!」

平次《へいじ》と小五郎《こごろう》が、「け、刑事《けいじ》？」」と声《こえ》をそろえて驚《おどろ》く。

「この奥《おく》さんに聞《き》きてぇ事《こと》があってなぁ…」

そう言《い》って、大和警部《やまとけいぶ》は、隣《となり》に立《た》っている女性《じょせい》の方《ほう》へと向《む》き直《なお》った。

「んじゃあ奥《おく》さん…もう一度《いちど》聞《き》くが…。6年前《ねんまえ》、そいつはあったのか？　なかったのか？」

「だから今《いま》は答《こた》える気《き》には…」

すると大和警部《やまとけいぶ》は、女性《じょせい》の胸《むな》ぐらをつかんで、低《ひく》い声《こえ》で怒鳴《どな》った。

「人《ひと》の命《いのち》が懸《か》かってんだ‼　四《し》の五《ご》の言《い》わずに答《こた》えろ‼」

その剣幕《けんまく》に気《け》おされ、女性《じょせい》は仕方《しかた》なく口《くち》を開《ひら》いた。

「な、なかったわよ…。死体《したい》のそばに百足《むかで》の死骸《しがい》なんて…。ただ死《し》んだ馬《うま》と一緒《いっしょ》に、痩《や》せ細《ほそ》った死体《したい》が転《ころ》がっていただけで…」

大和警部《やまとけいぶ》は「そうか…」とうなずくと、女性《じょせい》に背《せ》を向《む》けた。

「邪魔《じゃま》したな…」

左足《ひだりあし》をひきずり、杖《つえ》をつきながら馬小屋《うまごや》を出《で》ていこうとする大和警部《やまとけいぶ》を、小五郎《こごろう》があわてて呼《よ》び止《と》めた。

「――って、ちょっと…。どういう意味《いみ》なんだ？　その百足《むかで》…」

大和警部《やまとけいぶ》は足《あし》を止《と》め、小五郎《こごろう》たちの方《ほう》を振《ふ》り返《かえ》りながら、薄《うす》ら笑《わら》いを浮《う》かべた。

「…まだはっきりとは言《い》えねぇが…この殺《ころ》し…早《はや》く止《と》めねぇと…人《ひと》の死骸《しがい》がゴロゴロ転《ころ》が

る羽目《はめ》になる事《こと》は確《たし》かだ…。戦国乱世《せんごくらんせ》の…戦場《いくさば》のようになァ…」


小五郎《こごろう》たちは虎田家《とらだけ》の屋敷《やしき》の一室《いっしつ》を借《か》り、これまでの情報《じょうほう》を整理《せいり》することにした。

義郎《よしろう》と康司《こうじ》の遺体《いたい》の写真《しゃしん》を見比《みくら》べながら、小五郎《こごろう》が「ウーム…」と低《ひく》い声《こえ》でつぶやく。

「竜巻《たつまき》に遭《あ》って転落《てんらく》し、重傷《じゅうしょう》を負《お》った虎田義郎《とらだよしろう》さんを発見《はっけん》しながら放置《ほうち》し、見殺《みごろ》しにした第《だい》1の事件《じけん》…。体《からだ》を縛《しば》った上《うえ》に土《つち》に埋《う》めた龍尾康司《たつおこうじ》さんの頭《あたま》を、何度《なんど》も鈍器《どんき》で殴《なぐ》りつけ、撲殺《ぼくさつ》した第《だい》2の事件《じけん》…。このたて続《つづ》けに起《お》きたっていう2つの事件《じけん》で共通《きょうつう》するのは、発見《はっけん》者《しゃ》がいずれも被害者《ひがいしゃ》の身内《みうち》で…」

「何《なん》でか知《し》らんが、死体《したい》のそばに置《お》いてあった…百足《むかで》の死骸《しがい》やな…」

平次《へいじ》が冷静《れいせい》につけくわえると、小五郎《こごろう》はさらに続《つづ》けた。

「気《き》になるのは、6年前《ねんまえ》、流鏑馬《やぶさめ》の練習中《れんしゅうちゅう》に崖《がけ》から馬《うま》ごと落《お》ちて亡《な》くなった甲斐玄人《かいくろと》さんの事件《じけん》だが…ただの事故死《じこし》…。この2件《けん》の事件《じけん》には関係《かんけい》がないだろう…」

「ああ…。その死体《したい》のそばに百足《むかで》なんかあらへんかったっちゅう…虎田由衣《とらだゆい》さんの話《はなし》を信《しん》じるんやったらな…」

意味深《いみしん》に言《い》って、平次《へいじ》は部屋《へや》の隅《すみ》に視線《しせん》を向《む》けた。

そこには、先《さき》ほど馬小屋《うまごや》で、大和警部《やまとけいぶ》に詰問《きつもん》されていた女性《じょせい》が立《た》っている。

虎田由衣《とらだゆい》、二十九歳《にじゅうきゅうさい》。亡《な》くなった義郎《よしろう》の妻《つま》で、すらりとした体型《たいけい》の女性《じょせい》だ。引《ひ》き締《し》まった輪郭《りんかく》ときりりとした眉《まゆ》、そして切《き》れ長《なが》の瞳《ひとみ》が印象的《いんしょうてき》な美人《びじん》だが、どこか冷《つめ》たく、近寄《ちかよ》りがたいような雰囲気《ふんいき》も漂《ただよ》わせている。

「ええ…。百足《むかで》なんか置《お》かれてなかったけど…。見殺《みごろ》しにされたっていう点《てん》では、主人《しゅじん》が死《し》んだ第《だい》1の事件《じけん》と同《おな》じかもね…」

その言葉《ことば》に、平次《へいじ》と小五郎《こごろう》が眉《まゆ》をひそめる。

「見殺《みごろ》しやと？」

「崖《がけ》から落《お》ちて即死《そくし》だったんじゃ…」

「言《い》ったでしょ？　その遺体《いたい》、痩《や》せ細《ほそ》っていたって…。確《たし》かに崖《がけ》から落《お》ちた時《とき》に体中《からだじゅう》を木《き》や岩《いわ》にぶつけ、大怪我《おおけが》を負《お》い…白《しろ》い道着《どうぎ》が血《ち》まみれになり、それが酸化《さんか》して真《ま》っ黒《くろ》になっていたけど…死因《しいん》は餓死《がし》…」

小五郎《こごろう》が「が、餓死《がし》？」と驚《おどろ》くと、由衣《ゆい》は険《けわ》しい顔《かお》でうなずいた。

「そうよ…。腰《こし》の骨《ほね》が折《お》れて立《た》てなかった上《うえ》に…落《お》ちた場所《ばしょ》は一日中《いちにちじゅう》陽《ひ》が当《あ》たらず、普段《ふだん》誰《だれ》も通《とお》らない崖《がけ》の真下《ました》…。見《み》つかったのは1週間近《しゅうかんちか》くたった後《あと》だったから…」

「1週間《しゅうかん》って…人《ひと》だけやのーて馬《うま》も倒《たお》れてたっちゅうのに、見《み》つからへんかったんかい？」

「ちゃんと捜《さが》したんっスか？」

平次《へいじ》と小五郎《こごろう》の無神経《むしんけい》な物言《ものい》いに、由衣《ゆい》は「捜《さが》したわよ!!」と怒《いか》りをあらわにした。

「警察《けいさつ》や村人総出《むらびとそうで》で、寝《ね》る間《ま》も惜《お》しんで!!　甲斐巡査《かいじゅんさ》は村中《むらじゅう》のみんなに慕《した》われていたんだから!!」

「じゅ、巡査《じゅんさ》？」

「お巡《まわ》りさんやったん？」

蘭《らん》と和葉《かずは》が口々《くちぐち》に聞《き》く。

「ええ…。この村《むら》の交番《こうばん》に勤務《きんむ》してたわ…。正義感《せいぎかん》が強《つよ》くて親切《しんせつ》で優《やさ》しくて…この村《むら》であの人《ひと》の事《こと》を悪《わる》く言《い》う人《ひと》なんて見《み》た事《こと》なかった…。だから、いなくなった時《とき》、村中《むらじゅう》で必死《ひっし》に捜《さが》したのよ…」

「なのに何《なん》で1週間《しゅうかん》も見《み》つからなかったんですか？」

小五郎《こごろう》の疑問《ぎもん》に、同席《どうせき》していた繁次《しげつぐ》が「お、落《お》ち葉《ば》だよ…」と答《こた》えた。

「丁度《ちょうど》その事故《じこ》があった頃《ころ》は、落《お》ち葉《ば》の季節《きせつ》で…運悪《うんわる》く落《お》ち葉《ば》に埋《う》もれてて、それが風《かぜ》に飛《と》ばされるまで隠《かく》れていたようだから…。兄《あに》の義郎《よしろう》の遺体《いたい》は、見晴《みは》らしのいい岩場《いわば》に落《お》ちていたから見《み》つけやすかったけど…」

「その時《とき》もすぐに村《むら》のみんなで捜《さが》したの？」

コナンが義郎《よしろう》の時《とき》のことを聞《き》くと、繁次《しげつぐ》は「いや…」と言《い》いよどみながら続《つづ》けた。

「竜巻《たつまき》に遭《あ》って飛《と》ばされたなんて話《はなし》、ウソっぽかったし…。それを見《み》てたのが冗談《じょうだん》の好《す》きな兄《あに》の友人《ゆうじん》だったから、最初《さいしょ》は誰《だれ》も信《しん》じていなくてね…。捜《さが》し始《はじ》めたのは、夜《よる》が明《あ》けても兄《あに》が帰《かえ》って来《こ》ないのを知《し》ってからだったよ…」

それを聞《き》いた由衣《ゆい》が、ぴくりと眉《まゆ》を動《うご》かす。

「捜《さが》し始《はじ》めた？　例《れい》の穴《あな》に行《い》く途中《とちゅう》で偶然《ぐうぜん》、主人《しゅじん》の死体《したい》を見《み》つけたんじゃなかった？」

繁次《しげつぐ》は視線《しせん》をそらしながら「そ、そうだったかな？」とごまかした。

「例《れい》の穴《あな》とは？」

「た、ただの趣味《しゅみ》です…。宝探《たからさが》しの真似事《まねごと》ですよ…」

小五郎《こごろう》にさらに追及《ついきゅう》され、繁次《しげつぐ》があわてていると、達栄《たつえ》を連《つ》れて部屋《へや》に入《はい》ってきた直信《なおのぶ》が「フン！　何《なに》が趣味《しゅみ》じゃ!!」と怒《おこ》った声《こえ》で口《くち》をはさんだ。

「仕事《しごと》もロクにせず、あんな事《こと》に現《うつつ》を抜《ぬ》かしおって…。この虎田家《とらだけ》の面汚《つらよご》しめが!!」

「しっかりしてくださいよ、繁次《しげつぐ》さん…。この家《いえ》の跡取《あとと》りはもう、あなたしかいないんですから…」

達栄《たつえ》にも諭《さと》され、繁次《しげつぐ》はたじろぎながらも「あ、ああ…」とうなずいた。

「それで？　わかったかね、毛利殿《もうりどの》…。息子《むすこ》を殺《ころ》したのはやはり龍尾家《たつおけ》の誰《だれ》かだったじゃろ？」

「いや、その龍尾家《たつおけ》の康司《こうじ》さんの遺体現場《いたいげんば》にも、百足《むかで》が置《お》いてあったと判明《はんめい》したぐらいで…」

直信《なおのぶ》の問《と》いかけに小五郎《こごろう》が答《こた》えると、由衣《ゆい》がふと思《おも》い出《だ》したようにつぶやいた。

「康司《こうじ》さんといえば、亡《な》くなる前《まえ》に主人《しゅじん》とよく密談《みつだん》をしてたわ…。『行《い》く』とか『行《い》かない』とか…」

「密談《みつだん》？」

平次《へいじ》が聞《き》くと、直信《なおのぶ》が「ああ…それなら儂《わし》も聞《き》いたよ…」と口《くち》を開《ひら》いた。

「近々《ちかぢか》、あの大和《やまと》とかいう隻眼《せきがん》の刑事《けいじ》に2人《り》で会《あ》いに行《い》く…。大事《おおごと》になるやもしれんから覚悟《かくご》しておいてくれとな…」

それを聞《き》いた平次《へいじ》は「何《なん》やとォ⁉」と大声《おおごえ》をあげ、コナンも驚《おどろ》いて詰《つ》め寄《よ》った。

「それって、何《なに》しに行《い》くか聞《き》いた⁉」

「さあ…。今《いま》はまだ言《い》えないというだけで…」と、達栄《たつえ》。

「じゃあ龍尾家《たつおけ》に行《い》ってみりゃ、何《なに》かわかるかもしれねえな…」

小五郎《こごろう》の提案《ていあん》に、平次《へいじ》とコナンは「ああ…善《ぜん》は急《いそ》げや！」「行《い》ってみよ！」と意気込《いきご》んで立《た》ちあがった。

「ほんならちょっと行《い》って来《く》るよって、和葉《かずは》はその姉《ねえ》ちゃんとお留守番《るすばん》や！」

平次《へいじ》が言《い》い、蘭《らん》と和葉《かずは》は「えー！」「アタシらも連《つ》れてってーな！」と不満《ふまん》の声《こえ》をあげる。

「アホ！　お前《まえ》が来《き》ても足手《あしで》まといやっちゅうねん！　暇《ひま》やったら、お前《まえ》んトコのオカンに頼《たの》まれた信州味噌《しんしゅうみそ》でも買《こ》うて来《き》たらええがな！」

「そんなん帰《かえ》りでええやんかー！」

和葉《かずは》の抗議《こうぎ》を笑顔《えがお》でかわしつつ、平次《へいじ》はコナンと小五郎《こごろう》と一緒《いっしょ》に、龍尾家《たつおけ》へと向《む》かっていく。

由衣《ゆい》と繁次《しげつぐ》は、平次《へいじ》たちを見送《みおく》りながら、事件《じけん》を捜査《そうさ》する彼《かれ》らのことをどこか疎《うと》ましく思《おも》っているかのような、意味深《いみしん》な視線《しせん》を投《な》げかけていた。

雷《かみなり》が鳴《な》る中《なか》、小五郎《こごろう》たちが龍尾家《たつおけ》を訪《たず》ねると、為史《ためふみ》と盛代《しげよ》が応対《おうたい》に出《で》てきた。

由衣《ゆい》から聞《き》いた話《はなし》について小五郎《こごろう》たちが説明《せつめい》すると、為史《ためふみ》はとても驚《おどろ》いた様子《ようす》だった。

「け、警察《けいさつ》に行《い》く予定《よてい》だった？　息子《むすこ》の康司君《こうじくん》が、虎田家《とらだけ》の義郎君《よしろうくん》と？」

「ええ…。息子《むすこ》さんから何《なに》も聞《き》いていないんですか？」

小五郎《こごろう》が聞《き》くと、為史《ためふみ》はため息《いき》をつきながらうなずいた。

「はい何《なに》も…。ただ…義郎君《よしろうくん》が亡《な》くなり、何《なに》かに怯《おび》えていたような様子《ようす》ではありましたけど…」

「怯《おび》えてたやと？」

平次《へいじ》が聞《き》くと、盛代《しげよ》が「そうじゃ…」と口《くち》をはさんできた。

「食事中《しょくじちゅう》もボソボソと呟《つぶや》いておったわい…。次《つぎ》は己《おのれ》の番《ばん》やもしれぬ…。殺《ころ》される…。呪《のろ》い殺《ころ》されるとな…」

「の、呪《のろ》い？」

小五郎《こごろう》がぎょっとした顔《かお》で聞《き》き返《かえ》すと、盛代《しげよ》は怒《おこ》ったように叫《さけ》んだ。

「わからぬか!!　先祖代々《せんぞだいだい》、この龍尾家《たつおけ》を憎《にく》んでおる虎田家《とらだけ》の呪《のろ》いじゃよ!!」

「ねぇ…何《なん》でこの家《いえ》とあの家《いえ》、仲《なか》が悪《わる》いの？」

コナンが聞《き》くと、盛代《しげよ》は「それはその昔《むかし》…」と低《ひく》い声《こえ》で説明《せつめい》しようとしたが、すぐに「はて？」と首《くび》をかしげた。

「何《なん》じゃったかのォ…。小《ちい》さい頃《ころ》から『虎田家憎《とらだけにく》し』と聞《き》かされていたんじゃが、忘《わす》れてしまったわい…」

平次《へいじ》とコナンは、(おい、バアさん…)と内心《ないしん》であきれてしまう。

すると、家《いえ》の奥《おく》から景《あきら》が出《で》てきた。隣《となり》には綾華《あやか》の姿《すがた》もある。

「きっと虎田家《とらだけ》の人達《ひとたち》もそんな感《かん》じだと思《おも》うよ…。今《いま》やその柵《しがらみ》も薄《うす》れて、僕《ぼく》や綾華《あやか》は虎田《とらだ》家《け》の義郎《よしろう》や繁次《しげつぐ》と仲《なか》よくやっていたし…」と、景《あきら》。

「けどなぁ…その2人《り》が死《し》ぬ前《まえ》に警察《けいさつ》に行《い》こうて言《ゆ》うてたんなら、甲斐《かい》っちゅう巡査《じゅんさ》の事《じ》故《こ》と何《なに》か関係《かんけい》があるんと…」

平次《へいじ》が言《い》いかけると、綾華《あやか》がどこか楽《たの》しげに「あれはただの事故《じこ》…」と口《くち》をはさんだ。

「流鏑馬《やぶさめ》の練習《れんしゅう》のしすぎで疲《つか》れ果《は》てて、崖《がけ》から落《お》ちたのよ…。その年《とし》の祭《まつ》りで的《まと》を外《はず》しちゃったからムキになってね…」

「おい！　よさないか、綾華《あやか》！」

景《あきら》が厳《きび》しい表情《ひょうじょう》で制止《せいし》しようとするが、綾華《あやか》はひるむことなく話《はなし》を続《つづ》ける。

「でも、みんな言《い》ってたよ！　もしかしたら外《はず》したショックで自分《じぶん》で崖《がけ》から落《お》ちたのかもって…」

「外《はず》れる事《こと》もあるんですか？」

小五郎《こごろう》の質問《しつもん》に、為史《ためふみ》が「ええ、たまには…」とうなずいた。

「でも甲斐《かい》さんは一度《いちど》も外《はず》した事《こと》はなかったよ…。あの年《とし》の祭《まつ》りの最後《さいご》の1射《しゃ》まではね…」

「フン…あの人《ひと》は自殺《じさつ》なんぞしやせん…」

盛代《しげよ》が静《しず》かな声《こえ》で言《い》いきった。

「祭《まつ》りで恥《はじ》をかいたぐらいで、村人《むらびと》をほったらかしにしてあの世《よ》に逃《に》げてしまうような…そんな愚《おろ》か者《もの》とは違《ちが》うわい…」


ザー……。夜《よる》になると、外《そと》には雨《あめ》が降《ふ》り始《はじ》めた。

今夜《こんや》は帰《かえ》らずこのまま泊《と》まっていったらどうか——そう為史《ためふみ》に提案《ていあん》された小五郎《こごろう》たちは、ありがたくその申《もう》し出《で》に甘《あま》えることにした。

平次《へいじ》は、虎田家《とらだけ》に残《のこ》してきた和葉《かずは》へと、電話《でんわ》をかけた。

『え？　今晩《こんばん》はそっちに泊《と》まる？　戻《もど》って来《け》ぇへんの、平次《へいじ》？』

「ああ…雨《あめ》ヒドなって来《き》よったし、夜《よる》、山道歩《やまみちある》くんは危《あぶ》ないんやて…。ほんならまぁ、そういうこっちゃ！　ヘソ出《だ》して寝《ね》るんやないでー…」

『あ、コラ、平次《へいじ》…』

和葉《かずは》が言《い》いかけるが、平次《へいじ》はさっさと電話《でんわ》を切《き》ると、コナンの方《ほう》を振《ふ》り返《かえ》った。

「どや、工藤《くどう》！　何《なに》か気《き》ィついたか？」

「いや…まだなんとも…。ただ引《ひ》っ掛《か》かってんのは、殺《ころ》される前《まえ》に康司《こうじ》さんがつぶやいていたっていう…」

コナンは一度言葉《いちどことば》をきり、平次《へいじ》の方《ほう》へ顔《かお》を向《む》けた。

「次《つぎ》は自分《じぶん》の番《ばん》かも…」

二人《ふたり》の声《こえ》が重《かさ》なると、平次《へいじ》はどこか楽《たの》しそうに口《くち》を開《ひら》いた。

「それがホンマやったら、こら連続殺人《れんぞくさつじん》！　しかもまだ殺《ころ》されるかもしれん奴《やつ》は、他《ほか》にもおるっちゅうこっちゃ！」

「ああ…。まずは突《つ》き止《と》めなきゃいけねぇようだ…。康司《こうじ》さんがその後《あと》に続《つづ》けた…呪《のろ》い殺《ころ》されるっていう…言葉《ことば》の意味《いみ》を…」

夜《よる》が深《ふか》まるにつれ、雨音《あまおと》はさらに激《はげ》しくなっていった。

和葉《かずは》は虎田家《とらだけ》の客間《きゃくま》で、蘭《らん》と一緒《いっしょ》に布団《ふとん》を並《なら》べて眠《ねむ》ろうとしていた。

しかし、どこからか妙《みょう》な物音《ものおと》が聞《き》こえてくることに気《き》づくと、むくっと身体《からだ》を起《お》こして蘭《らん》の方《ほう》へと身《み》をのりだした。

「なあ蘭《らん》ちゃん…。蘭《らん》ちゃんて…」

「ふにゃ？」

「さっきから何《なん》か変《へん》な音《おと》せーへん？」

「雨《あめ》や雷《かみなり》の音《おと》しかしないけど…」

「ホラ、その音《おと》に混《ま》ざって聞《き》こえるやん…。床《ゆか》がきしむみたいな…」

蘭《らん》が耳《みみ》をすませてみると、ゴロゴロという雷《かみなり》の音《おと》に混《ま》じって、確《たし》かにギッギッと床板《ゆかいた》が鳴《な》るのが聞《き》こえた。音《おと》は次第《しだい》に大《おお》きくなっているようだ。

カッと雷《かみなり》が大《おお》きく光《ひか》り、部屋《へや》の障子《しょうじ》を明《あか》るく照《て》らす。

その瞬間《しゅんかん》、和葉《かずは》と蘭《らん》はあるものを見《み》て、恐怖《きょうふ》にすくみあがったのだった。

翌朝《よくあさ》。

平次《へいじ》とコナン、そして小五郎《こごろう》は、綾華《あやか》と一緒《いっしょ》に、虎田家《とらだけ》へと向《む》かっていた。

昨晩《さくばん》の雨《あめ》はすっかりやんで、空《そら》は青《あお》く晴《は》れ渡《わた》っている。

「すみませんねぇ…朝《あさ》から道案内《みちあんない》させちゃって…」

恐縮《きょうしゅく》する小五郎《こごろう》に、綾華《あやか》が「いえ」と首《くび》を振《ふ》る。

「丁度《ちょうど》私《わたし》もあそこの馬小屋《うまごや》に、景《あきら》さんが使《つか》っている馬《うま》を借《か》りに行《い》く用事《ようじ》があったし…」

「ホー…いがみ合《あ》っている家《いえ》に、馬《うま》を借《か》りているんですか？」

小五郎《こごろう》が意外《いがい》そうに言《い》う。

「ええ…この辺《あた》りに馬小屋《うまごや》は、あそこしかないから…」

「けど、よー貸《か》してくれたなぁ…。龍尾家《たつおけ》の人間《にんげん》に…」

「実《じつ》は私《わたし》、前《まえ》にここの馬小屋《うまごや》で馬《うま》の世話《せわ》をしてて、私《わたし》が頼《たの》んだのよ…。龍尾家《たつおけ》にも近《ちか》いこの林《はやし》で、景《あきら》さんに流鏑馬《やぶさめ》の練習《れんしゅう》をさせてあげてって…。まあ祭《まつ》りのためならと、渋々承知《しぶしぶしょうち》してくれたけど…」

やがて虎田家《とらだけ》の屋敷《やしき》に着《つ》くと、綾華《あやか》は玄関《げんかん》の扉《とびら》を開《あ》けながら、大《おお》きな声《こえ》をあげた。

「御免《ごめん》くださーい！　馬《うま》をお借《か》りしに来《き》ましたー！」

すると廊下《ろうか》の奥《おく》から、和葉《かずは》と蘭《らん》の声《こえ》が聞《き》こえてくる。

「そやからホンマやって言《ゆ》うてるやん！　なあ！　蘭《らん》ちゃんも見《み》たやろ？」

「うん！　あれは幻《まぼろし》なんかじゃありません！」

何事《なにごと》かと、平次《へいじ》たちがそろって家《いえ》にあがると、和葉《かずは》と蘭《らん》が、直信《なおのぶ》や達栄《たつえ》、由衣《ゆい》を相手《あいて》に一生懸命《いっしょうけんめい》に何《なに》かを訴《うった》えていた。近《ちか》くには繁次《しげつぐ》の姿《すがた》もある。

「和葉《かずは》、何《なに》しとん？」

「あ、平次《へいじ》…アタシ見《み》てしもた…」

「何《なに》をやねん？」

平次《へいじ》がなおも聞《き》くと、和葉《かずは》と蘭《らん》は順番《じゅんばん》に、こわごわと口《くち》を開《ひら》いた。

「ゆ、ゆうべ雷《かみなり》がピカッて光《ひか》ったと思《おも》たら…」

「障子《しょうじ》の向《む》こうに立《た》ってたのよ…」

「よ、よ、鎧姿《よろいすがた》の…」

「落《お》ち武者《むしゃ》が!!!」

それを聞《き》いた小五郎《こごろう》が、「お、落《お》ち武者《むしゃ》⁉」と眉《まゆ》をひそめる。

「それ、ひょっとして繁次《しげつぐ》さんの部屋《へや》にあった、祭《まつ》りで使《つこ》てる鎧《よろい》なんとちゃうんか？」

「ち、違《ちが》うよ…。だって兜《かぶと》にフサフサした毛《け》が付《つ》いてたもの…」

蘭《らん》が答《こた》えると、平次《へいじ》がすかさず、「そら武田信玄《たけだしんげん》の諏訪法性《すわほっしょう》の兜《かぶと》やんけ！」と指摘《してき》した。

諏訪法性《すわほっしょう》の兜《かぶと》とは、武田信玄《たけだしんげん》が愛用《あいよう》していた、白《しろ》いヤクの毛《け》がついた兜《かぶと》のことだ。

「武田《たけだ》っつったら、武田騎馬隊《たけだきばたい》と武田《たけだ》の赤備《あかぞな》え…」

小五郎《こごろう》がつぶやく。武田軍《たけだぐん》は甲冑《かっちゅう》や旗指物《はたさしもの》などの軍装《ぐんそう》に赤《あか》い色《いろ》を使《つか》うことを好《この》み、その様《さま》は赤備《あかぞな》えと呼《よ》ばれていたのだ。

コナンは蘭《らん》たちに「ねぇ…その鎧《よろい》…赤《あか》かった？」とたずねた。

「さあ…見《み》たのシルエットだけやったし…」

和葉《かずは》が答《こた》える。

みんなの会話《かいわ》を聞《き》きながら、綾華《あやか》はまるで化《ば》け物《もの》にでも出《で》くわしたかのように、真《ま》っ青《さお》になっていた。

「あ…あ…あぁ…」

がたがたと震《ふる》えながら、そううめいたかと思《おも》うと、ダッと廊下《ろうか》を走《はし》りだしてしまう。

平次《へいじ》とコナンがすぐさま追《お》いかけたが、綾華《あやか》はトイレの中《なか》に入《はい》ると、そのまま鍵《かぎ》をかけて閉《と》じこもってしまった。

綾華《あやか》がいつまでたっても出《で》てこないので、直信《なおのぶ》は仕方《しかた》なく龍尾家《たつおけ》に電話《でんわ》をかけ、景《あきら》に事情《じじょう》を説明《せつめい》した。

「ええっ⁉　綾華《あやか》がトイレにこもって出《で》て来《こ》ない⁉　武田信玄《たけだしんげん》の幽霊《ゆうれい》の話《はなし》をした直後《ちょくご》に⁉」

「早《はよ》う迎《むか》えに来《こ》い!!!　迷惑《めいわく》じゃ！」

直信《なおのぶ》が電話《でんわ》をする間《あいだ》も、繁次《しげつぐ》が何度《なんど》もドアを叩《たた》いて、「おい、綾《あや》ちゃん⁉　どうしたんだよ⁉　綾華《あやか》ちゃん⁉」と呼《よ》びかけていたが、綾華《あやか》からの返事《へんじ》はなかった。

トイレの個室《こしつ》に閉《と》じこもった綾華《あやか》は、すっかりおびえ、頭《あたま》を抱《かか》えるようにしながら震《ふる》えていた。

繁次《しげつぐ》からの呼《よ》びかけにも答《こた》えられずにいると、ウエストポーチの中《なか》で、携帯電話《けいたいでんわ》がブーブーと着信《ちゃくしん》を始《はじ》めた。

綾華《あやか》は震《ふる》える手《て》で携帯電話《けいたいでんわ》をとりだすと、画面《がめん》を確認《かくにん》した。


やがて龍尾家《たつおけ》から、景《あきら》と為史《ためふみ》、そして盛代《しげよ》が、綾華《あやか》を迎《むか》えにやって来《き》た。

しかし、トイレに行《い》ってみると、中《なか》には誰《だれ》もいなかった。

「どういう事《こと》じゃ…居《お》らぬではないか⁉ 我《わ》が家《や》の嫁《よめ》が‼」

盛代《しげよ》が声《こえ》を荒《あら》らげると、達栄《たつえ》は不思議《ふしぎ》そうに首《くび》をかしげた。

「変《へん》ですねぇ…さっきまでは、確《たし》かにそこに…。しばらく1人《り》にしてって彼女《かのじょ》が言《い》うから、離《はな》れたんだけど…」

「とにかくまだこの近《ちか》くにいるはずだ！ みんなで手分《てわ》けして捜《さが》そう！」

小五郎《こごろう》が言《い》い、みんなそれぞれの手段《しゅだん》で林《はやし》の中《なか》を捜《さが》すことにした。

「じゃあ儂《わし》はスクーターで！」と、直信《なおのぶ》。

「私《わたし》は車《くるま》で！」と、為史《ためふみ》。

「私《わたし》と景《あきら》さんと由衣《ゆい》さんは馬《うま》で！」と達栄《たつえ》。

「他《ほか》は全員《ぜんいん》、足《あし》だ!!」と、小五郎《こごろう》。

綾華《あやか》はまだ、遠《とお》くへは行《い》っていないはずだ。

「綾華《あやか》さんやー！」

「どこだー!?」

「いてるかー？」

盛代《しげよ》や繁次《しげつぐ》、そして平次《へいじ》たちは、大声《おおごえ》で呼《よ》びかけながら、屋敷《やしき》の裏手《うらて》にある林《はやし》の中《なか》を歩《ある》きまわった。

由衣《ゆい》は白《しろ》い馬《うま》、景《あきら》は茶色《ちゃいろ》い馬《うま》、そして達栄《たつえ》は黒《くろ》い馬《うま》に乗《の》りながら、「返事《へんじ》してー！」「綾《あや》華《か》ー!?」「綾《あや》ちゃーん！」と大声《おおごえ》で叫《さけ》んでいる。

直信《なおのぶ》はスクーターに、為史《ためふみ》は車《くるま》に乗《の》って移動《いどう》しながら、「おーい！」「綾華《あやか》さーん!!」と声《こえ》をはりあげていた。

その時《とき》、林《はやし》の中《なか》を徒歩《とほ》で捜《さが》していた和葉《かずは》と蘭《らん》が、ふと足《あし》を止《と》めた。「うぐっ」という、うめき声《ごえ》を聞《き》いた気《き》がしたのだ。

「今《いま》、何《なに》か変《へん》な声《こえ》…」

「聞《き》こえたよね？」

和葉《かずは》と蘭《らん》が顔《かお》を見合《みあ》わせると、一緒《いっしょ》にいたコナンはすぐさま反応《はんのう》して、(あの向《む》こうか!)と、声《こえ》のした方《ほう》に向《む》かった。

しかし、走《はし》りだしてすぐに、ドンと誰《だれ》かにぶつかってしまう。

そこに立《た》っていたのは、大和警部《やまとけいぶ》だった。

「ちっ…駆《か》けつけたら…この様《ザマ》よ…」

大和警部《やまとけいぶ》が悔《くや》しげにつぶやく。

その視線《しせん》の先《さき》をたどり、コナンは息《いき》をのんだ。

綾華《あやか》が、首《くび》を吊《つ》っていたのだ。

「きっ、きゃあああ!」

蘭《らん》は悲鳴《ひめい》をあげた。

綾華《あやか》は布《ぬの》を噛《か》まされ、口《くち》をふさがれた状態《じょうたい》で、木《き》の枝《えだ》にくくったロープで首《くび》を吊《つ》られていた。

蘭《らん》の悲鳴《ひめい》を聞《き》きつけ、平次《へいじ》が「何《なん》や!?」と駆《か》けつける。由衣《ゆい》も馬《うま》に乗《の》ったまま、「どうかした⁉」と姿《すがた》を見《み》せた。

「あ、綾華《あやか》さんが…綾華《あやか》さんが…」

和葉《かずは》が蒼白《そうはく》になってつぶやく。

景《あきら》は、綾華《あやか》を見《み》つけるやいなや、「あ、綾華《あやか》⁉　綾華《あやか》ー⁉」と、絶叫《ぜっきょう》しながら、馬《うま》に乗《の》ったまま駆《か》け寄《よ》ろうとした。

しかし大和警部《やまとけいぶ》が立《た》ちはだかり「入《はい》るなァ!!!」と一喝《いっかつ》する。

「そこから先《さき》は警察《けいさつ》の領分《りょうぶん》だ‼　近《ちか》づく輩《やから》はただじゃおかねぇぞ‼」

怒号《どごう》が林《はやし》の中《なか》に響《ひび》きわたる。

大和警部《やまとけいぶ》は綾華《あやか》の身体《からだ》を抱《だ》きあげ、首《くび》に巻《ま》かれたロープを外《はず》そうとした。

すると達栄《たつえ》を乗《の》せた馬《うま》が、背後《はいご》からさりげなく綾華《あやか》の方《ほう》へ近《ちか》づこうとする。

「おい！　そこの黒《くろ》い馬《うま》の女《おんな》！　聞《き》こえねぇか‼」

大和警部《やまとけいぶ》が怒鳴《どな》ると、達栄《たつえ》は「は、はい！」とあわてて手綱《たづな》を引《ひ》き、馬《うま》を止《と》めた。

騒《さわ》ぎを聞《き》きつけ、直信《なおのぶ》、為史《ためふみ》、そして盛代《しげよ》も、「お、おい…」「一体《いったい》これは…」「何事《なにごと》じゃ⁉」と現場《げんば》に駆《か》けつける。

大和警部《やまとけいぶ》は綾華《あやか》の身体《からだ》を地面《じめん》の上《うえ》に横《よこ》たえ、人工呼吸《じんこうこきゅう》を試《こころ》みた。

しばらく続《つづ》けていたが、やがてちっと舌打《したう》ちして、「ダメか…」とつぶやき、そばにいた由衣《ゆい》に「おい、上原《うえはら》！」と呼《よ》びかける。

「時間取《じかんと》ってくれ…」

「あ、はい…」

由衣《ゆい》は馬上《ばじょう》で自分《じぶん》の腕時計《うでどけい》を確認《かくにん》すると、「8時《じ》59分《ふん》…」と声《こえ》に出《だ》して読《よ》みあげた。

どうやら上原《うえはら》というのは、由衣《ゆい》の旧姓《きゅうせい》のようだ。

大和警部《やまとけいぶ》は「あ、スマン…昔《むかし》の癖《くせ》で…」と謝《あやま》った。

「い、いえ…」と由衣《ゆい》。

大和警部《やまとけいぶ》と由衣《ゆい》のやりとりを聞《き》いたコナンと平次《へいじ》は、（昔《むかし》の…）（癖《くせ》やと？）と疑問《ぎもん》を抱《いだ》いた。大和警部《やまとけいぶ》と由衣《ゆい》には、何《なに》か昔《むかし》からの関係性《かんけいせい》があるのだろうか？

続《つづ》いて大和警部《やまとけいぶ》は携帯電話《けいたいでんわ》をとりだし、警察関係者《けいさつかんけいしゃ》らしき相手《あいて》に指示《しじ》をとばした。

「俺《おれ》だ！　虎田邸《とらだてい》近《ちか》くの林《はやし》で殺《ころ》しがあった！　鑑識《かんしき》を連《つ》れてすぐに来《こ》い!!　ああ、そうだ！　こいつは連続殺人《れんぞくさつじん》だ!!」

横《よこ》で聞《き》いていた小五郎《こごろう》が「れ、連続殺人《れんぞくさつじん》!?」と目《め》を見開《みひら》くと、大和警部《やまとけいぶ》が「そうよ！」と答《こた》えた。

「竜巻《たつまき》で重傷《じゅうしょう》を負《お》った虎田義郎《とらだよしろう》を見殺《みごろ》しにした、第《だい》1の事件《じけん》…。龍尾康司《たつおこうじ》を縛《しば》り、土《つち》に埋《う》めて撲殺《ぼくさつ》した第《だい》2の事件《じけん》…。その2件《けん》と同様《どうよう》に落《お》ちてんだよ…首《くび》を吊《つ》られたこの龍尾綾華《たつおあやか》の足元《あしもと》に…百足《むかで》の死骸《しがい》がな！」

見《み》れば確《たし》かに、綾華《あやか》が首《くび》を吊《つ》っていた木《き》のすぐそばに、つぶれた百足《むかで》の死骸《しがい》が落《お》ちている。

小五郎《こごろう》が「なに⁉」と声《こえ》をあげると、大和警部《やまとけいぶ》はさらに続《つづ》けた。

「しかもだ…その死骸《しがい》の周《まわ》り、雨上《あめあ》がりでぬかるんだ土《つち》の上《うえ》には…今入《いまはい》った俺《おれ》の足跡《あしあと》と…この杖《つえ》の跡《あと》しか残《のこ》ってねえ…。さらに雨《あめ》が降《ふ》った後《あと》、吊《つ》るされていた木《き》に誰《だれ》かがよじ登《のぼ》った形跡《けいせき》が全《まった》くない所《ところ》を見《み》ると…こいつは…」

「不可能《ふかのう》…」

「犯罪《はんざい》やな…」

大和警部《やまとけいぶ》の言葉《ことば》を受《う》けて、コナンと平次《へいじ》がそれぞれつぶやく。

「まあ、その遺体《いたい》を降《お》ろす前《まえ》に、すでにあんたの足跡《あしあと》がついてたって場合《ばあい》もありますが…。ですよねぇ、やけに到着《とうちゃく》の早《はや》い刑事《けいじ》さん？」

小五郎《こごろう》が皮肉《ひにく》まじりに言《い》うと、大和刑事《やまとけいじ》は「フン…」と鼻《はな》を鳴《な》らして反論《はんろん》した。

「虎田家《とらだけ》の連中《れんちゅう》に聞《き》きてぇ事《こと》があって、家《いえ》に行《い》ったんだが…。みんな、この龍尾綾華《たつおあやか》を捜《さが》しに林《はやし》へ出《で》たと使用人《しようにん》が言《い》うから、来《き》ただけよ…」

「しかし、タイミングが良《よ》すぎますなぁ…。ひょっとして、トイレにこもった綾華《あやか》さんを携帯電話《けいたいでんわ》で呼《よ》び出《だ》し、眠《ねむ》らせて体《からだ》を担《かつ》ぎ、その縄《なわ》の輪《わ》に首《くび》を掛《か》けて吊《つ》るした後《あと》、虎田家《とらだけ》に何食《なにく》わぬ顔《かお》で行《い》ったんじゃ…」

小五郎《こごろう》の推理《すいり》を、「それはないと思《おも》うよ！」とコナンがあっさり否定《ひてい》する。

「その刑事《けいじ》さんが綾華《あやか》さんを降《お》ろす前《まえ》に、地面《じめん》を見《み》たけど…足跡《あしあと》も杖《つえ》の跡《あと》もなかったから…担《かつ》いで縄《なわ》に引《ひ》っ掛《か》けたっていうのは、できないんじゃないかなぁ…」

小五郎《こごろう》は顔《かお》をしかめ、コナンの顔《かお》をのぞきこむようにしてにらんだ。

「本当《ほんとう》に見《み》たんだろーな！」

コナンは、自信満々《じしんまんまん》に「うん！」と大《おお》きくうなずいた。

「それよりトイレにこもる前《まえ》、様子《ようす》が変《へん》だったと聞《き》いたが…。何《なに》かあったのか？」

大和警部《やまとけいぶ》が疑問《ぎもん》を口《くち》にすると、蘭《らん》と和葉《かずは》が順番《じゅんばん》に答《こた》えた。

「ゆ、昨夜《ゆうべ》、わたし達《たち》が寝《ね》ていた部屋《へや》の障子《しょうじ》の向《む》こうに、鎧武者《よろいむしゃ》の影《かげ》が見《み》えて…」

「形《かたち》から諏訪法性《すわほっしょう》の兜《かぶと》やてゆうたら、急《きゅう》に綾華《あやか》さんが怯《おび》えはって…」

すると盛代《しげよ》が音《おと》もなく近《ちか》づいてきて、低《ひく》い声《こえ》で「祟《たた》りじゃ…」と口《くち》を開《ひら》いた。

「信玄公《しんげんこう》の怒《いか》りを買《こ》うて呪《のろ》い殺《ころ》されたのじゃよ！　その百足《むかで》の死骸《しがい》が良《よ》い証《あかし》じゃわい!!」

その言葉《ことば》に、小五郎《こごろう》が意外《いがい》そうな顔《かお》をする。

「え？　百足《むかで》がなんで武田信玄《たけだしんげん》？」

「知《し》らないんですか？　信玄公《しんげんこう》は、戦場《せんじょう》で伝令役《でんれいやく》を務《つと》める者達《ものたち》を『百足衆《むかでしゅう》』と呼《よ》び…百足《むかで》の旗差《はたさ》しを背負《せお》わせていたんです…」

旗差《はたさ》しとは、合戦《かっせん》などで武士《ぶし》たちが掲《かか》げる旗《はた》のことだ。

為史《ためふみ》の説明《せつめい》を横《よこ》で聞《き》いていた繁次《しげつぐ》は、「そ、そうか！」とハッとしたように叫《さけ》んだ。

「どこかで百足《むかで》の絵《え》を見《み》た事《こと》あると思《おも》ったけど…。祭《まつ》りでやる戦《いくさ》で、誰《だれ》かがその旗《はた》を差《さ》していたのを見《み》たんだ…」

それを聞《き》いた直信《なおのぶ》は、じとっと繁次《しげつぐ》をにらみつけた。

「そんな事《こと》も知《し》らずに、お前《まえ》は宝探《たからさが》しをやっておったのか、繁次《しげつぐ》！」

繁次《しげつぐ》は、ばつが悪《わる》そうに小《ちい》さく肩《かた》をすぼめる。

「そんならその宝《たから》っちゅうのんは、まさか武田信玄《たけだしんげん》の…」

和葉《かずは》の言葉《ことば》に、達栄《たつえ》が「ええ…」とうなずいた。

「信玄《しんげん》の埋蔵金《まいぞうきん》ですわ！　ウチの倉《くら》からそれらしい書物《しょもつ》や地図《ちず》が出《で》て来《き》て以来《いらい》、繁次《しげつぐ》さんは夢中《むちゅう》になっているんです…。先日亡《せんじつな》くなった2人《り》とその綾華《あやか》さん…そして…そこにいる龍尾景《たつおあきら》さんを巻《ま》き込《こ》んでね…」

達栄《たつえ》が、景《あきら》に非難《ひなん》がましい視線《しせん》を向《む》ける。

欲《よく》にかられて埋蔵金探《まいぞうきんさが》しに熱《ねつ》をあげ、武田信玄《たけだしんげん》の怒《いか》りを買《か》ったのではないか——そんな疑《うたが》いをかけられ、景《あきら》は毅然《きぜん》と弁明《べんめい》した。

「た、確《たし》かに僕達《ぼくたち》は繁次《しげつぐ》に頼《たの》まれて、埋蔵金探《まいぞうきんさが》しを手伝《てつだ》っていましたけど…。私利私欲《しりしよく》のためじゃない！　本当《ほんとう》に見《み》つかったら、いい村《むら》おこしになると思《おも》って…。そ、それに何《なん》で、綾華《あや か》まで祟《たた》られなきゃいけないんだ…。採掘場《さいくつじょう》に差《さ》し入《い》れを持《も》って行《い》ってたぐらいなのに…」

景《あきら》は悔《くや》しそうに語尾《ごび》をにじませ、うつむいてしまう。

すると綾華《あやか》の遺体《いたい》を調《しら》べていた大和警部《やまとけいぶ》が、「祟《たた》りなんかじゃねぇぜ…。こいつは歴《れっき》とした殺《ころ》しだ！」と断言《だんげん》した。

「その鼻《はな》ヒゲの探偵《たんてい》の言《い》う通《とお》り、龍尾綾華《たつおあやか》のウエストポーチには携帯電話《けいたいでんわ》が入《はい》ってねぇ…。トイレにこもってたっていうその間《あいだ》に、まんまと呼《よ》び出《だ》されたんだ…。連続殺人犯《れんぞくさつじんはん》にな…。まあ自分《じぶん》の屍《しかばね》を晒《さら》したくなきゃ、1人《り》でうろつかねぇこった…。特《とく》に埋蔵金《まいぞうきん》を探《さが》してたっていう…あんたら2人《り》はな…」

大和警部《やまとけいぶ》に鋭《するど》い視線《しせん》を向《む》けられ、繁次《しげつぐ》と景《あきら》は不安《ふあん》そうに立《た》ちつくした。


綾華《あやか》の遺体《いたい》や現場《げんば》の調査《ちょうさ》を警察《けいさつ》に任《まか》せ、コナンたちは虎田家《とらだけ》の屋敷《やしき》へと帰《かえ》ってきた。

気《き》になるのは、昨晩《さくばん》、蘭《らん》と和葉《かずは》が見《み》たという、鎧武者《よろいむしゃ》の影《かげ》だ。

コナンたちは、昨晩二人《さくばんふたり》が寝《ね》ていたという客間《きゃくま》に向《む》かい、鎧武者《よろいむしゃ》が現《あらわ》れた時《とき》の状況《じょうきょう》をあらためて確認《かくにん》した。

客間《きゃくま》の障子戸《しょうじど》は、縁側《えんがわ》をはさんで中庭《なかにわ》に面《めん》している。床板《ゆかいた》のきしむ音《おと》が聞《き》こえてきたことから、鎧武者《よろいむしゃ》は縁側《えんがわ》を歩《ある》いて客間《きゃくま》の障子戸《しょうじど》の前《まえ》へとやって来《き》たようだ。

「ホンマか？　ホンマにその鎧武者《よろいむしゃ》、ここに立《た》っとったんやな？」

平次《へいじ》に確認《かくにん》され、蘭《らん》と和葉《かずは》は「う、うん…」「すぐにどっか行《い》ってしもたんやけど…」とそれぞれに説明《せつめい》した。

「何《なん》でその時《とき》、障子《しょうじ》を開《あ》けて空手《からて》で捕《つか》まえなかったんだ？」

小五郎《こごろう》にあきれ顔《がお》で言《い》われ、二人《ふたり》は口々《くちぐち》に反論《はんろん》する。

「だ、だってお化《ば》けと思《おも》って腰《こし》が抜《ぬ》けちゃったんだもん!!」

「化《ば》け物《もん》に空手《からて》も合気《あいき》も通《つう》じひんし…」

「アホ！　この世《よ》に化《ば》け物《もん》なんか…」

化《ば》け物《もん》なんかいない、と言《い》いかけた平次《へいじ》だが、コナンにクイッと袖《そで》を引《ひ》かれ、「ん？」と顔《かお》を向《む》けた。

「おい、見《み》ろよ服部《はっとり》！　これ、何《なん》だかわかるよな？」

コナンは得意《とくい》げに、手《て》に持《も》っていた細《ほそ》いビニールヒモを平次《へいじ》に見《み》せた。

「荷作《にづく》りん時《とき》に使《つこ》てるビニールヒモを細《ほそ》ォ裂《さ》いた物《もん》に見《み》えるけど…」

「廊下《ろうか》や地面《じめん》に何本《なんぼん》か落《お》ちてたぜ？」

平次《へいじ》はすぐにピンときて、「そうか！」と声《こえ》を明《あか》るくした。

「この細《ほそ》いビニールヒモを束《たば》にして、兜《かぶと》に付《つ》けたら…その障子《しょうじ》に映《うつ》ってた影《かげ》は、武田信玄《たけだしんげん》の諏訪法性《すわほっしょう》の兜《かぶと》に見《み》えるっちゅうわけやな!!」

「あん？」

何事《なにごと》かと顔《かお》を向《む》ける小五郎《こごろう》に、平次《へいじ》はビニールヒモを見《み》せながら説明《せつめい》した。

「せやから犯人《はんにん》はそないして、武田信玄《たけだしんげん》の祟《たた》りを煽《あお》りたかったっちゅうこっちゃ！　こら殺人《さつじん》やのーて、祟《たた》りやでってなぁ…」

「じゃあ祭《まつ》りで使《つか》う鎧《よろい》を部屋《へや》に置《お》いてた繁次《しげつぐ》さんが犯人《はんにん》か？」

小五郎《こごろう》があごに手《て》をあてながらつぶやくと、コナンは縁側《えんがわ》の柵《さく》から身《み》をのりだして、「いや…。ホラ、見《み》てよ！」とうながした。

「見慣《みな》れない草履《ぞうり》の足跡《あしあと》がついてるでしょ？」

「裏《うら》の門《もん》の先《さき》まで続《つづ》いてるやんけ…」と、平次《へいじ》。

庭《にわ》の土《つち》の上《うえ》に残《のこ》った足跡《あしあと》は、庭《にわ》に面《めん》した裏門《うらもん》の先《さき》まで点々《てんてん》とのびている。

「そういえば鎧武者《よろいむしゃ》の話《はなし》をした時《とき》、繁次《しげつぐ》さんが言《い》ってたよ！　祭《まつ》りで使《つか》う鎧《よろい》なら誰《だれ》も使《つか》ってない部屋《へや》に置《お》いてあるから、誰《だれ》かが持《も》ち出《だ》すのは簡単《かんたん》だけど…。その鎧《よろい》の兜《かぶと》に毛《け》はついてないから違《ちが》うねって…」

蘭《らん》が言《い》うと、小五郎《こごろう》は納得《なっとく》したようにうなずいた。

「んじゃ、外部《がいぶ》から侵入《しんにゅう》した誰《だれ》かがその鎧《よろい》を持《も》ち出《だ》して信玄《しんげん》の影《かげ》を作《つく》ったってことか…」

「…もしくは、そう見《み》せかけるために、この家《いえ》の誰《だれ》かがわざと草履《ぞうり》の跡《あと》をつけよったか…」

平次《へいじ》がつけくわえると、和葉《かずは》が口《くち》をはさんだ。

「それにその話《はなし》した時《とき》、繁次《しげつぐ》さん言《い》うてはったよ…。鎧《よろい》なら景《あきら》さんの家《いえ》にも置《お》いてあるけど、兜《かぶと》にフサフサはついてへんかったって…」

「え？　鎧《よろい》、向《む》こうの家《いえ》にもあるの？」

コナンの質問《しつもん》に、和葉《かずは》は「う、うん…」とうなずき、蘭《らん》が「龍尾家《たつおけ》のは結構立派《けっこうりっぱ》な鎧《よろい》だって…」とつけくわえる。

「ほんならオレらは龍尾家《たつおけ》に行《い》って来《く》るよって、和葉《かずは》らはそのオッサンと一緒《いっしょ》におれ！」

和葉《かずは》が「えー!?」と不満《ふまん》の声《こえ》をあげるが、平次《へいじ》はコナンと走《はし》りだしながら、ふと足《あし》を止《と》め小五郎《こごろう》の方《ほう》を向《む》いた。

「オッサン！　わかってると思《おも》うけど、埋蔵金探《まいぞうきんさが》しとるっちゅう繁次《しげつぐ》さんから目《め》ェ離《はな》すんやないで！」

「フン！　お前《まえ》に言《い》われなくても…」

小五郎《こごろう》が心外《しんがい》そうに言《い》い返《かえ》すと、平次《へいじ》は「ほんならな！」と言《い》い残《のこ》し、コナンと一緒《いっしょ》に裏門《うらもん》から出《で》ていってしまった。

置《お》いていかれた和葉《かずは》は、思《おも》わず肩《かた》をすくめた。

「もォー！　また置《お》いてけぼりやん…」

「きっと和葉《かずは》ちゃんを危《あぶ》ない目《め》に遭《あ》わせたくないのよ！　ホラ、わたし達《たち》、よくヤバイ物《もの》とか見《み》ちゃって、犯人《はんにん》に狙《ねら》われたりするし…」

蘭《らん》に励《はげ》まされ、和葉《かずは》は「そうやろか？」と首《くび》をかしげる。

「うん！　じらして、後《あと》で真相《しんそう》を自慢顔《じまんがお》で話《はな》すつもりなのよ！　新一《しんいち》もそういうトコあるし…」

「へェー…」

相《あい》づちを打《う》ちながら、和葉《かずは》がほほえましそうに蘭《らん》の顔《かお》を見《み》る。

新一《しんいち》も、蘭《らん》を危《あぶ》ない目《め》に遭《あ》わせたくなくて、現場《げんば》から遠《とお》ざけようとする——そんなさりげないノロケを口《くち》にしてしまったことに気《き》づき、蘭《らん》は言《い》い訳《わけ》をするように、あわててつけくわえた。

「あ、でも新一《しんいち》の場合《ばあい》は好《す》きとかじゃないと思《おも》うけど…」

すると、廊下《ろうか》の奥《おく》から、涼《すず》しげな女性《じょせい》の声《こえ》がした。

「其《そ》の疾《はや》き事《こと》…風《かぜ》の如《ごと》く…」

「え？」

和葉《かずは》が驚《おどろ》いて振《ふ》り返《かえ》ると、由衣《ゆい》が歩《ある》いてくるところだ。

「好《す》きなんでしょ？　あの色黒《いろぐろ》の少年《しょうねん》のコト…」

由衣《ゆい》に言《い》い当《あ》てられ、和葉《かずは》は一瞬《いっしゅん》のうちに赤面《せきめん》してしまう。

「あっ…ちゃ…」

あわてる和葉《かずは》に、由衣《ゆい》はやさしく微笑《ほほえ》みながら語《かた》り続《つづ》ける。

「山《やま》のように腰《こし》を据《す》えてじっくり待《ま》つのもいいけど…その想《おも》いが熱《あつ》い内《うち》に、風《かぜ》のように素《す》早《ばや》く行動《こうどう》するのも1つの手《て》…。ボヤボヤしてると、気持《きも》ちを伝《つた》える前《まえ》にその相手《あいて》が目《め》の前《まえ》から消《き》えて…取《と》り返《かえ》しのつかなくなる事《こと》もあるんだから…。私《わたし》のようにね…」

意味深《いみしん》につけくわえると、由衣《ゆい》は和葉《かずは》たちの横《よこ》を通《とお》り抜《ぬ》け、歩《ある》いていってしまう。

和葉《かずは》も蘭《らん》も、とっさに何《なに》も言《い》えず、去《さ》っていく由衣《ゆい》を黙《だま》って見送《みおく》った。

その横《よこ》で小五郎《こごろう》は、由衣《ゆい》の言葉《ことば》に何《なに》かひっかかるものがあったのか、「…疾《はや》き事風《ことかぜ》の如《ごと》く…。あれ？　これって確《たし》か…」と、ブツブツつぶやいていた。

虎田家《とらだけ》の屋敷《やしき》をとびだしたコナンと平次《へいじ》は、龍尾家《たつおけ》へと急《いそ》いだ。
一刻《いっこく》も早《はや》く着《つ》きたかったが、途中《とちゅう》で踏切《ふみきり》に足止《あしど》めされてしまう。
カンカンカン…という警報音《けいほうおん》を聞《き》きつつ、遮断機《しゃだんき》があがるのを待《ま》ちながら、二人《ふたり》はあらためて事件《じけん》について考《かんが》えをめぐらせた。

「変《へん》や！　変《へん》やぞ工藤《くどう》!!」

「ああ…。綾華《あやか》さんの口《くち》を塞《ふさ》いでた…」

コナンはそこで一度言葉《いちどことば》をきり、平次《へいじ》は視線《しせん》を合《あ》わせながら「『猿轡《さるぐつわ》！』」と声《こえ》をそろえた。

二人《ふたり》とも同《おな》じように、綾華《あやか》の猿轡《さるぐつわ》に違和感《いわかん》をおぼえていたのだ。

「付《つ》けたんは、声出《こえだ》されへんようにするためやろうけど…信玄《しんげん》の祟《たた》りにビビって自殺《じさつ》したみたいに見《み》せるんやったら、首吊《くびつ》らせた後《あと》で取《と》るやろ？　普通《ふつう》…」

「――ってことは取《と》れない理由《りゆう》があったか…あるいはわざとそうしたか…」

「けど、わざとやったら犯人《はんにん》は何《なん》でそないな事《こと》しとんねん？　どーせ死《し》んだら口利《くちき》かれへんやろ？」

「誰《だれ》かに向《む》けた脅《おど》しとか？　何《なに》も喋《しゃべ》らず静《しず》かにしてろっていう…」

あれこれと話《はな》し合《あ》うが、ピンとこない。

電車《でんしゃ》が通過《つうか》するのを見送《みおく》りながら、二人《ふたり》は「『ウーン…』」と首《くび》をひねった。

やがて遮断機《しゃだんき》があがると、大急《おおいそ》ぎで踏切《ふみきり》を越《こ》え、龍尾家《たつおけ》の屋敷《やしき》を訪《たず》ねる。

事情《じじょう》を聞《き》いた為史《ためふみ》は、こころよく、龍尾家《たつおけ》が所有《しょゆう》する鎧《よろい》を見《み》せてくれた。


龍尾家《たつおけ》の稽古場《けいこば》に置《お》かれた赤《あか》い鎧《よろい》は、重厚《じゅうこう》な存在感《そんざいかん》を放《はな》っていた。

こちらは本物《ほんもの》のようだ。

平次《へいじ》は鎧《よろい》をじっと見《み》つめながら、「へェ～…」と感嘆《かんたん》の声《こえ》をあげた。

「こらまた大層《たいそう》な鎧《よろい》やなぁ…。赤《あか》いっちゅう事《こと》は武田《たけだ》の赤備《あかぞな》えか？」

「ああ…」

為史《ためふみ》がうなずくと、コナンは「この家《いえ》、武田《たけだ》に縁《ゆかり》でもあるの？」とたずねた。

「いや…私《わたし》や母《はは》が、信玄公《しんげんこう》の大《だい》ファンでね…。大金《たいきん》はたいて買《か》ったんだ。亡《な》くなった息子《むすこ》の康司君《こうじくん》や虎田家《とらだけ》の義郎君《よしろうくん》も、信玄《しんげん》が好《す》きでねぇ…。よく見《み》に来《き》ていたよ…。もう1人《り》の息子《むすこ》の景《あきら》はそうでもないが…」

為史《ためふみ》の話《はなし》を聞《き》いたコナンは、少《すこ》し不思議《ふしぎ》そうな顔《かお》をした。

「ねぇ、どうして同《おな》じ息子《むすこ》なのに、康司《こうじ》さんは君付《くんづ》けで景《あきら》さんは呼《よ》び捨《す》てなの？」

「ああ…康司君《こうじくん》は景《あきら》の後《あと》に生《う》まれた私《わたし》の娘《むすめ》の婿《むこ》、入《い》り婿《むこ》なんだ…。まあ、娘《むすめ》は随分前《ずいぶんまえ》に交《こう》通事故《つうじこ》で他界《たかい》したんだが、結婚《けっこん》する前《まえ》から康司君《こうじくん》は景《あきら》の同級生《どうきゅうせい》でよくウチに遊《あそ》びに来《き》ていたので、昔《むかし》のまま君付《くんづ》けに…。康司君《こうじくん》も景《あきら》の事《こと》を『兄《にい》さん』とは呼《よ》んでいなかったよ…。同級生《どうきゅうせい》といえば、虎田家《とらだけ》の義郎君《よしろうくん》や繁次君《しげつぐくん》も景《あきら》と同級生《どうきゅうせい》なんだが、繁次君《しげつぐくん》は義郎君《よしろうくん》の事《こと》を『兄《にい》さん』と呼《よ》んでいたなあ…」

するとそれを聞《き》いた平次《へいじ》が「ん？」と反応《はんのう》した。

「兄弟《きょうだい》なんやから普通《ふつう》やんか…」

「あ、いや…義郎君《よしろうくん》は、虎田家当主《とらだけとうしゅ》の直信《なおのぶ》さんの姉《あね》の息子《むすこ》で…その姉《あね》が、夫《おっと》と共《とも》に早死《はやじ》にしたので養子《ようし》に引《ひ》き取《と》り、小《ちい》さい頃《ころ》から兄弟同然《きょうだいどうぜん》で育《そだ》てられたそうだから…」

「…ちゅう事《こと》は、今回死《こんかいし》んだ3人《にん》は、虎田家《とらだけ》とも龍尾家《たつおけ》とも血《ち》ィがつながってないっちゅうわけやな？」

「あ、ああ…。綾華《あやか》さんは景《あきら》の嫁《よめ》だしね…」

コナンは、赤《あか》い鎧《よろい》の背後《はいご》の壁《かべ》に飾《かざ》られた旗《はた》を見《み》ながら、「ねぇ」と話題《わだい》を変《か》えた。

「その鎧《よろい》の後《うし》ろの旗《はた》って…」

旗《はた》には何《なに》やら難《むずか》しい漢字《かんじ》がたくさん並《なら》んでいる。

「ああ…これはレプリカでね…」

するとちょうどその時《とき》、盛代《しげよ》が部屋《へや》に入《はい》ってきて、「読《よ》めぬか、小僧《こぞう》…」とコナンに低《ひく》い声《こえ》で告《つ》げた。

「疾《はや》き事風《ことかぜ》の如《ごと》く…徐《しず》かなる事林《ことはやし》の如《ごと》く…侵掠《しんりゃく》する事火《ことひ》の如《ごと》く…動《うご》かざる事山《ことやま》の如《ごと》し…。その昔《むかし》、孫子《そんし》が説《と》いた兵法《へいほう》じゃ!!」

孫子《そんし》は昔《むかし》の中国《ちゅうごく》の将軍《しょうぐん》で、その戦略《せんりゃく》の教《おし》えである兵法《へいほう》は、日本《にっぽん》の戦国武将《せんごくぶしょう》たちにも深《ふか》く影響《えいきょう》を与《あた》えたという。

盛代《しげよ》の言葉《ことば》を聞《き》いて、平次《へいじ》とコナンは同時《どうじ》にハッと顔《かお》をあげた。

「そ、そうか！　竜巻《たつまき》で大《おお》ケガして見殺《みごろ》しにされた義郎《よしろう》さんは…風《かぜ》!!」

「縛《しば》られて、山《やま》のように盛《も》られた土《つち》に埋《う》められて撲殺《ぼくさつ》された康司《こうじ》さんは…山《やま》!!」

それぞれに言《い》うと、二人《ふたり》は目《め》を合《あ》わせながら続《つづ》けた。

「林《はやし》ん中《なか》で口塞《くちふさ》がれて木《き》に吊《つ》られとった綾華《あやか》さんは…」

「林《はやし》!!」

二人《ふたり》の息《いき》の合《あ》った推理《すいり》を聞《き》いた為史《ためふみ》は、おびえるように声《こえ》を震《ふる》わせた。

「じゃ、じゃあまさか…」

「ああ…。この犯人《はんにん》…武田信玄《たけだしんげん》になぞらえて殺《ころ》してるで…」

平次《へいじ》が断言《だんげん》すると、コナンは鋭《するど》く目《め》を細《ほそ》めてつけくわえた。

「彼《かれ》が好《この》んで用《もち》いた軍略《ぐんりゃく》…風林火山《ふうりんかざん》にね!!!」

武田信玄《たけだしんげん》が好《この》み、軍旗《ぐんき》にも記《しる》していたという軍略《ぐんりゃく》——『風林火山《ふうりんかざん》』。

今回《こんかい》の事件《じけん》の犯人《はんにん》は、この言葉《ことば》になぞらえて殺人《さつじん》を行《おこな》っている。

そのことに気《き》づいた平次《へいじ》は、すぐさま虎田家《とらだけ》にいる小五郎《こごろう》に電話《でんわ》をかけた。

『ふ、風林火山《ふうりんかざん》!? それになぞらえて、犯人《はんにん》は殺人《さつじん》を重《かさ》ねてるっていうのか!?』

電話《でんわ》で事情《じじょう》を聞《き》いた小五郎《こごろう》は、声《こえ》を裏返《うらがえ》して驚《おどろ》いていた。

「そうや!! よう思《おも》い出《だ》してみ! たて続《つづ》けに起《お》こったこの3つの事件《じけん》を!」

平次《へいじ》は一《ひと》つ目《め》の事件《じけん》から順《じゅん》を追《お》って、自《みずか》らの推理《すいり》について説明《せつめい》した。

「まずは竜巻《たつまき》で大怪我《おおけが》した虎田義郎《とらだよしろう》さんを、助《たす》けを呼《よ》ばんと見殺《みごろ》しにしよった1番目《ばんめ》ェの事件《じけん》…。竜巻《たつまき》ゆうたら風《かぜ》…つまり『疾《はや》き事風《ことかぜ》の如《ごと》く』の『風《かぜ》』や! 次《つぎ》に、縛《しば》って土《つち》に埋《う》めた龍尾康司《たつおこうじ》さんを撲殺《ぼくさつ》した2番目《ばんめ》ェの事件《じけん》! 縛《しば》ったんは動《うご》かれへんようにするためで、その土《つち》が山《やま》みたいに盛《も》られてたっちゅう事《こと》は…『動《うご》かざる事山《ことやま》の如《ごと》し』の『山《やま》』や! ほんでさっき龍尾綾華《たつおあやか》さんが、林《はやし》の木《き》の枝《えだ》に吊《つ》るされとった3番目《ばんめ》ェの事件《じけん》…。あの猿轡《さるぐつわ》が、声《こえ》を出《だ》さんと静《しず》かにしとけっちゅう意味《いみ》やったら…」

『…なるほど。「徐《しず》かなる事林《ことはやし》の如《ごと》く」の「林《はやし》」ってわけか!!』

「ああ…おまけにその3人《にん》の死体《したい》のそばに『百足衆《むかでしゅう》』を暗示《あんじ》する百足《むかで》が置《お》いてあったっちゅう事《こと》は…。この連続殺人犯《れんぞくさつじんはん》…かなり武田信玄《たけだしんげん》に執着《しゅうちゃく》してるみたいやのォ…」

『でも何《なん》で武田信玄《たけだしんげん》なんだ？　やっぱり信玄《しんげん》の埋蔵金《まいぞうきん》を掘《ほ》り起《お》こそうとしてるのを阻《はば》むためか？』

小五郎《こごろう》の疑問《ぎもん》に、「さあな…」と答《こた》えつつ、平次《へいじ》は壁《かべ》にかかった風林火山《ふうりんかざん》の旗《はた》に視線《しせん》を投《な》げた。

「今《いま》んトコ確実《かくじつ》にわかってんのは…。風林火山《ふうりんかざん》にはまだ『火《ひ》』ィの字《じ》が残《のこ》っとって…犯人《はんにん》は間違《まちが》いなく、もう1人誰《りだれ》かの命《いのち》を狙《ねろ》うてるっちゅうこっちゃ！」

『じゃあまさか次《つぎ》の標的《ひょうてき》は、殺《ころ》された3人《にん》と一緒《いっしょ》に埋蔵金《まいぞうきん》を探《さが》してた、繁次《しげつぐ》さんか景《あきら》さんか？』

「ああ、その可能性《かのうせい》は高《たか》いなァ…。せやけど、そう見《み》せかけて別《べつ》の誰《だれ》かを殺《ころ》す気《き》ィかもしれへん…。風林火山《ふうりんかざん》で残《のこ》ってる字《じ》ィはあと1つだけやしのォ…。まあ、とにかく龍尾家《こっち》はオレらが気《き》ィつけるよって、オッサンは虎田家《そっち》の連中《れんちゅう》から目《め》ェ離《はな》すなや！　特《とく》に繁次《しげつぐ》さんからはな！」

平次《へいじ》に強《つよ》く念押《ねんお》しされ、小五郎《こごろう》は「…あ、ああ…」と気《け》おされながら電話《でんわ》を切《き》った。

横《よこ》で小五郎《こごろう》の会話《かいわ》を聞《き》いていた和葉《かずは》は、隣《となり》にいた蘭《らん》に聞《き》いた。

「なあ蘭《らん》ちゃん…。何《なん》なん？　風林火山《ふうりんかざん》って…」

「さあ…。TV《テレビ》や映画《えいが》で見《み》た事《こと》はあるけど意味《いみ》までは…」

和葉《かずは》も蘭《らん》も、風林火山《ふうりんかざん》という言葉《ことば》の意味《いみ》をはっきりとは知《し》らないようだ。

小五郎《こごろう》はあきれ顔《がお》で説明《せつめい》した。

「疾《はや》き事風《ことかぜ》の如《ごと》く、徐《しず》かなる事林《ことはやし》の如《ごと》く、侵掠《しんりゃく》する事火《ことひ》の如《ごと》く、動《うご》かざる事山《ことやま》の如《ごと》し…。孫子《そんし》っていう、えれぇ兵法家《へいほうか》が考《かんが》えた軍略《ぐんりゃく》の1つだよ！　軍隊《ぐんたい》を動《うご》かす時《とき》は風《かぜ》のように速《はや》く、止《と》まる時《とき》は林《はやし》のように静《しず》かに…攻撃《こうげき》する時《とき》は火《ひ》のように激《はげ》しく！　守《まも》ると決《き》めたら山《やま》のようにどっしり構《かま》えて慌《あわ》てるな!!　それを、戦国最強《せんごくさいきょう》と謳《うた》われた武田信玄《たけだしんげん》が、旗《はた》にして掲《かか》げてたってわけだ！」

「それってさっき…」

「由衣《ゆい》さんがゆうてはった…」

蘭《らん》と和葉《かずは》の頭《あたま》に、先《さき》ほどの由衣《ゆい》との会話《かいわ》がよぎる。

――山《やま》のように腰《こし》を据《す》えて…じっくり待《ま》つのもいいけど…。

――その想《おも》いが熱《あつ》い内《うち》に…風《かぜ》のように素早《すばや》く行動《こうどう》するのも1つの手《て》…。

蘭《らん》は新一《しんいち》を、和葉《かずは》は平次《へいじ》のことを想《おも》って、自然《しぜん》に顔《かお》が赤《あか》くなった。

そして、ハッとしたように顔《かお》を見合《みあ》わせる。

(そっか!　恋《こい》のかけひきも…)

(風林火山《ふうりんかざん》っちゅうこっちゃ!!)

目《め》と目《め》で通《つう》じ合《あ》った二人《ふたり》は、腕組《うでぐ》みをしてうつむき、「疾《はや》き事風《ことかぜ》の如《ごと》く…」「侵掠《しんりゃく》する事《こと》火《ひ》の如《ごと》く…」と何《なに》やらブツブツつぶやき始《はじ》めた。

蘭《らん》は新一《しんいち》に、和葉《かずは》は平次《へいじ》に片思《かたおも》いをしているが、なかなか仲《なか》を進展《しんてん》させられず、いつもやきもきしてばかりいる。由衣《ゆい》の言《い》うとおり、『風林火山《ふうりんかざん》』の軍略《ぐんりゃく》に則《のっと》って、風《かぜ》の如《ごと》くすばやく行動《こうどう》したり火《ひ》のように激《はげ》しくアピールしたりして、前《まえ》に進《すす》むことが必要《ひつよう》なのかもしれない――。

「ところで問題《もんだい》の繁次《しげつぐ》さんの居場所《いばしょ》、知《し》らねぇか?」

小五郎《こごろう》が声《こえ》をかけるが、二人《ふたり》はまったく聞《き》いていない。

「おい？」と、顔《かお》をのぞきこまれ、ようやく「「え？」」と気《き》がついて、恥《は》ずかしそうに顔《かお》をあげたのだった。


その頃《ころ》。

景《あきら》は、林《はやし》の中《なか》に用意《ようい》された練習場《れんしゅうじょう》で、流鏑馬《やぶさめ》の稽古《けいこ》をしていた。

馬《うま》に乗《の》りながら、等間隔《とうかんかく》で並《なら》んだ的《まと》めがけて弓《ゆみ》を引《ひ》く。

しかし放《はな》たれた矢《や》は大《おお》きく的《まと》からそれた。

「くっ」

悔《くや》しそうに眉《まゆ》をひそめながら馬《うま》を止《と》めると、平次《へいじ》とコナンが林《はやし》の中《なか》から現《あらわ》れた。

「やっぱりここにおったんか！」

「早《はや》くお家《うち》に帰《かえ》ろ！　みんな心配《しんぱい》してるよ！」

二人《ふたり》の姿《すがた》を見《み》ると、景《あきら》は馬《うま》からおりた。

「奥《おく》さん亡《な》くして動揺《どうよう》してる時《とき》に、練習《れんしゅう》やっても身《み》ィ入《はい》らへんで…」

平次《へいじ》が諭《さと》すように言《い》うが、景《あきら》は真剣《しんけん》な表情《ひょうじょう》で首《くび》を振《ふ》った。

「いや、祭《まつ》りが近《ちか》いのに、鍛錬《たんれん》を怠《おこた》るわけにはいかないさ…。流鏑馬《やぶさめ》の射手《いて》は力《ちから》の限《かぎ》り守《まも》り抜《ぬ》くと、甲斐先輩《かいせんぱい》の墓前《ぼぜん》で誓《ちか》ったから…。それが妻《つま》、綾華《あやか》の望《のぞ》みでもあったしね…。それに的《まと》を外《はず》したのは心《こころ》を乱《みだ》していたからじゃない…」

そう言《い》うと、景《あきら》は外《はず》した的《まと》のそばにしゃがみこんだ。

平次《へいじ》も「ん？」とのぞきこむ。

「ホラ、的《まと》を立《た》てている地面《じめん》…。少《すこ》しズラした跡《あと》があるだろ？」

確《たし》かに地面《じめん》の上《うえ》には、もともと的《まと》が立《た》っていた場所《ばしょ》から、動《うご》かしたような跡《あと》が残《のこ》っていた。

「ホンマや…誰《だれ》がこないな事《こと》…」

平次《へいじ》がつぶやき、コナンは気配《けはい》を感《かん》じて、背後《はいご》の林《はやし》の方《ほう》をちらりと振《ふ》り返《かえ》った。

すると木《き》の陰《かげ》に、誰《だれ》かが隠《かく》れている。

「木《き》の後《うし》ろ！　誰《だれ》かいるよ‼」

コナンが叫《さけ》ぶと、何人《なんにん》かの男《おとこ》たちが木《き》の陰《かげ》から出《で》てきて、足早《あしばや》に林《はやし》の中《なか》を逃《に》げていった。

「何《なん》やお前《まえ》ら⁉　ちょー待《ま》たんかい‼」

平次《へいじ》が呼《よ》び止《と》めるが、男《おとこ》たちは振《ふ》り返《かえ》ることなく走《はし》っていく。

「多分《たぶん》、隣町《となりまち》の連中《れんちゅう》だよ…。僕《ぼく》に自信《じしん》をなくさせようとしてるんだ…」

景《あきら》がため息《いき》まじりに言《い》い、平次《へいじ》とコナンは「え？」「何《なん》で？」と驚《おどろ》いて聞《き》いた。

「村《むら》の名誉《めいよ》が懸《か》かっているからよ…」

声《こえ》がして振《ふ》り返《かえ》ると、由衣《ゆい》が林《はやし》の中《なか》に立《た》っていた。すぐそばに、景《あきら》が乗《の》っていた馬《うま》がいる。

由衣《ゆい》は腕組《うでぐ》みをしながら、落《お》ち着《つ》いた口調《くちょう》でコナンたちに語《かた》りかけた。

「この祭《まつ》りは代々《だいだい》2つの村《むら》で共同《きょうどう》して行《おこな》ってる行事《ぎょうじ》で…祭《まつ》りの1番《ばん》の華《はな》である流鏑馬《やぶさめ》の射《い》手《て》はたった1人《り》…。つまり予選《よせん》を勝《か》ち抜《ぬ》いてこの村《むら》の代表《だいひょう》になった景《あきら》さんを、決定戦前《けっていせんまえ》に潰《つぶ》せば…祭《まつ》りの主役《しゅやく》は向《む》こうの村《むら》の射手《いて》になり、1年中《ねんじゅう》、大《おお》きい顔《かお》ができるってわけ…。甲斐《かい》さんから数《かぞ》えて10年以上《ねんいじょう》、祭《まつ》りの射手《いて》はこっちの村人《むらびと》だから…」

「その予選《よせん》ってどんなんや？」

平次《へいじ》の疑問《ぎもん》に、景《あきら》が答《こた》えた。

「祭《まつ》りと同《おな》じ会場《かいじょう》の神社《じんじゃ》の境内《けいだい》に、的《まと》を等間隔《とうかんかく》に10個《こ》立《た》て、的中率《てきちゅうりつ》を競《きそ》うんだ…。勝負《しょうぶ》がつくまで何度《なんど》もね…」

「そう…6年前《ねんまえ》のあなたと甲斐《かい》さんも2人《り》揃《そろ》って全射的中《ぜんしゃてきちゅう》、暗《くら》くなって来《き》たから勝負《しょうぶ》は次《つぎ》の日《ひ》に持《も》ち越《こ》されたのよね？　そのまま甲斐《かい》さんは姿《すがた》を消《け》して、1週間後《しゅうかんご》に私《わたし》が遺体《いたい》で発《はっ》見《けん》したけど…」

由衣《ゆい》に真正面《ましょうめん》から見《み》つめられ、景《あきら》はたじろぐように視線《しせん》をそらしながら、「あ、ああ…」とうなずいた。

「次《つぎ》の日《ひ》に予選《よせん》をやってたら、僕《ぼく》は負《ま》けてたよ…。あの引《ひ》き分《わ》けの後《あと》、練習《れんしゅう》でひと汗《あせ》かきに行《い》くっていう甲斐先輩《かいせんぱい》に比《くら》べ…僕《ぼく》の方《ほう》は疲《つか》れ果《は》てて動《うご》く気《き》にもなれなかったから…」

「もう暗《くら》くなってるのに練習《れんしゅう》に出《で》かけたの？」

コナンが、疑問《ぎもん》を投《な》げかける。

「ああ…的《まと》の位置《いち》さえ把握《はあく》してれば、先輩《せんぱい》は目《め》を閉《と》じていても的中《てきちゅう》できたからね…」

「けど最後《さいご》の祭《まつ》りん時《とき》は外《はず》したんやろ？」

平次《へいじ》が言《い》うと、景《あきら》は表情《ひょうじょう》を険《けわ》しくして、怒《いか》りを声《こえ》ににじませながら叫《さけ》んだ。

「あれはきっと隣町《となりまち》の連中《れんちゅう》の陰謀《いんぼう》だよ!! 先輩《せんぱい》に恥《はじ》をかかせるために祭《まつ》りの的《まと》をわざとズラしていたんだ!! 今《いま》のようにな!!」

「ホンマかそれ？」

「ああ…後《あと》で調《しら》べたら、その祭《まつ》りの時《とき》の最後《さいご》の的《まと》は、1m《メートル》近《ちか》くズラされていたからな…」

「その事《こと》、誰《だれ》かに言《い》った？」

コナンが聞《き》くと、景《あきら》は悔《くや》しげにうなずいた。

「もちろん、その頃《ころ》から祭《まつ》りの運営《うんえい》に関《かか》わっている僕《ぼく》の父《ちち》の為史《ためふみ》や、虎田家《とらだけ》の達栄《たつえ》さんにも抗議《こうぎ》したけど…何《なに》かの手違《てちが》いだって謝《あやま》られるばっかりで…」

甲斐《かい》は為史《ためふみ》や達栄《たつえ》の謝罪《しゃざい》を受《う》け入《い》れ、結局《けっきょく》おおごとにはしなかったそうだ。

「この事《こと》は、祭《まつ》りの品格《ひんかく》を損《そこ》なう恐《おそ》れがあるから他言《たごん》しないでくれとも…。だから誰《だれ》にも言《い》わなかったけど、もしも僕《ぼく》の時《とき》に同《おな》じ事《こと》をされたら…」

「…そうとも知《し》らずに直信義父《なおのぶとう》さんは、甲斐《かい》さんを烈火《れっか》の如《ごと》く怒《おこ》ってらしたわね…『儂《わし》の顔《かお》に泥《どろ》を塗《ぬ》りおって』と…」

由衣《ゆい》が静《しず》かにつけくわえると、平次《へいじ》が不思議《ふしぎ》そうに「何《なん》で泥《どろ》やねん?」と聞《き》いた。

「甲斐巡査《かいじゅんさ》に流鏑馬《やぶさめ》を教《おし》えたのは、直信義父《なおのぶとう》さんらしいから…」と、由衣《ゆい》。

「そして、そこに居合《いあ》わせた盛代《しげよ》おばあ様《さま》と口論《こうろん》になって…『祭《まつ》りの射手《いて》を一度《いちど》も任《まか》された事《こと》のないお前《まえ》が、師匠面《ししょうづら》するな』と…」と、景《あきら》。

「へぇー…。何《なん》やかんやでみんな、その甲斐《かい》っちゅう人《ひと》と関《かか》わっていたんやなァ…」

平次《へいじ》が納得《なっとく》していると、背後《はいご》からふらりと大和警部《やまとけいぶ》が現《あらわ》れて口《くち》をはさんだ。

「ああ…。そしてそいつら全員《ぜんいん》、この連続殺人《れんぞくさつじん》の容疑者《ようぎしゃ》ってわけよ…」

大和警部《やまとけいぶ》は、景《あきら》の方《ほう》を鋭《するど》い目《め》つきでにらみながら続《つづ》けた。

「さっき木《き》に吊《つ》られていた、龍尾綾華《たつおあやか》の周《まわ》りの土《つち》を10m《メートル》四方《しほう》念入《ねんい》りに調《しら》べたが…駆《か》けつけた連中《れんちゅう》の足跡《あしあと》や馬《うま》の蹄《ひづめ》の跡《あと》、スクーターや車《くるま》のタイヤの跡《あと》しか残《のこ》っていなかった…。つまりだ、東京《とうきょう》や大阪《おおさか》からやって来《き》た部外者《ぶがいしゃ》のお前《まえ》らを除《のぞ》けば…この犯行《はんこう》が可能《かのう》な輩《やから》は…虎田《とらだ》家《け》の直信《なおのぶ》、達栄《たつえ》、繁次《しげつぐ》、由衣《ゆい》と…龍尾家《たつおけ》の盛代《しげよ》、為史《ためふみ》、景《あきら》の7人《にん》ってこった!」

「8人《にん》だよ!」

コナンがすかさず指摘《してき》すると、大和警部《やまとけいぶ》は「あん?」と不機嫌《ふきげん》そうに聞《き》き返《かえ》した。

「あんたの足跡《あしあと》や、その杖《つえ》の跡《あと》も残《のこ》ってたやろ? 刑事《けいじ》さん?」

平次《へいじ》が言《い》うと、大和警部《やまとけいぶ》はどうでもよさそうに、「ああ…入《い》れたきゃ入《い》れろ…」と吐《は》き捨《す》て、それから由衣《ゆい》の方《ほう》に視線《しせん》を向《む》けた。

「奥《おく》さん、あんたはその馬《うま》を引《ひ》き取《と》りに来《き》たんだろ? だったら馬連《うまつ》れて、さっさと虎田《とらだ》家《け》に帰《かえ》れ!」

そして今度《こんど》は景《あきら》に向《む》かって、「あんたも小僧共《こぞうども》を連《つ》れて、龍尾家《たつおけ》に帰《かえ》りな!」と命令《めいれい》する。

景《あきら》が気《け》おされながらも「…え、ええ…」とうなずくと、大和警部《やまとけいぶ》はさらに語気《ごき》を強《つよ》めて続《つづ》けた。

「帰《かえ》ったら家《いえ》の連中《れんちゅう》に伝《つた》えろ！　お前《まえ》らの中《なか》に犯人《はんにん》はいる！　この敢助《かんすけ》がその首《くび》を捕《と》りに乗《の》り込《こ》むまで、大人《おとな》しく家《いえ》にこもって念仏《ねんぶつ》でも唱《とな》えてろってなァ‼　オラ、さっさとしねえか奥《おく》さん‼　その黒鹿毛《クロカゲ》に飼《か》い葉《ば》をやる時間《じかん》だろーが‼」

由衣《ゆい》は少《すこ》し悲《かな》しげに眉《まゆ》をひそめ、大和警部《やまとけいぶ》を見《み》つめながら、言葉《ことば》を絞《しぼ》りだすようにつぶやいた。

「…もう昔《むかし》のように、名前《なまえ》で呼《よ》んでくれないのね…。敢《かん》ちゃん…」

「悪《わる》いが…今《いま》のあんたは幼馴染《おさななじ》みの由衣《ゆい》でも…俺《おれ》の部下《ぶか》だった上原《うえはら》でもねぇ…。ただの被《ひ》害者《がいしゃ》の妻《つま》…容疑者《ようぎしゃ》の1人《り》だぜ…」

そう言《い》い残《のこ》すと、大和警部《やまとけいぶ》は杖《つえ》をつきながらゆっくりと去《さ》っていく。

二人《ふたり》の会話《かいわ》を聞《き》いていた平次《へいじ》とコナンは、（部下《ぶか》やったたっちゅう事《こと》は…）（元刑事《もとけいじ》？）と考《かんが》えこんだ。由衣《ゆい》がかつて大和警部《やまとけいぶ》の部下《ぶか》だったということは、由衣《ゆい》も大和警部《やまとけいぶ》と同《おな》じく刑事《けいじ》をしていたことがあるかもしれないということだ。

由衣《ゆい》は黙《だま》って、去《さ》っていく大和警部《やまとけいぶ》の背中《せなか》を見《み》つめていた。

その頃《ころ》、小五郎《こごろう》と蘭《らん》、和葉《かずは》は、繁次《しげつぐ》に話《はなし》を聞《き》くため、山《やま》の中《なか》の小屋《こや》を訪《おとず》れていた。

切《き》り立《た》った崖《がけ》の下《した》に建《た》てられたその小屋《こや》は、繁次《しげつぐ》がトレジャーハンティングの拠点《きょてん》にしている場所《ばしょ》だ。

次《つぎ》に命《いのち》を狙《ねら》われるのは繁次《しげつぐ》さんかもしれない——小五郎《こごろう》がそう打《う》ち明《あ》けるが、繁次《しげつぐ》はガサゴソと机《つくえ》の引《ひ》き出《だ》しを漁《あさ》っていて、小五郎《こごろう》の話《はなし》をまともに聞《き》こうとはしなかった。

「だから言《い》ってるでしょ？　僕《ぼく》は誰《だれ》かに命《いのち》を狙《ねら》われるおぼえはないって！」

「でもなぁ…あんた、信玄《しんげん》の埋蔵金《まいぞうきん》を探《さが》してるじゃねぇか…。信玄《しんげん》のファンにとっちゃ罰《ばち》当《あ》たりのような…」

「宝探《たからさが》しは男《おとこ》のロマンだ!!　信玄《しんげん》のファンだって、見《み》つかれば喜《よろこ》ぶよ！」

頑《かたく》なな繁次《しげつぐ》の態度《たいど》に、小五郎《こごろう》は「あのなぁ…」と、ため息《いき》をついてしまう。

繁次《しげつぐ》は、机《つくえ》の引《ひ》き出《だ》しを乱暴《らんぼう》に閉《し》めると、今度《こんど》は棚《たな》の中《なか》を漁《あさ》り始《はじ》めた。

「……さっきから何《なに》してるんですか？」

蘭《らん》が聞《き》くと、繁次《しげつぐ》は焦《あせ》ったように早口《はやくち》で答《こた》えた。

「こんな事《こと》になったからしばらく宝探《たからさが》しはできないと思《おも》って、色々資料《いろいろしりょう》を取《と》りに来《き》たんだけど…ないんだよ、宝探《たからさが》しの経過《けいか》を書《か》き留《と》めたメモ帳《ちょう》が!!」

「んじゃ景《あきら》さんが持《も》ってったんじゃねーのか？　宝探《たからさが》ししてて生《い》き残《のこ》っているのは、あんたと彼《かれ》だけだろ？　もしかして宝《たから》を独《ひと》り占《じ》めする気《き》で…」

すると繁次《しげつぐ》はこめかみに青筋《あおすじ》を浮《う》かべ、小五郎《こごろう》に食《く》ってかかった。

「景《あきら》はそんな事《こと》をする奴《やつ》じゃないよ‼　僕達同級生《ぼくたちどうきゅうせい》のヒーローなんだから‼」

「でも人《ひと》の心《こころ》は移《うつ》り変《か》わるものですよ、繁次《しげつぐ》さん…」

戸口《とぐち》の方《ほう》で冷静《れいせい》な声《こえ》がする。

驚《おどろ》いて振《ふ》り返《かえ》ると、そこには達栄《たつえ》が冷《さ》めた表情《ひょうじょう》で立《た》っていた。隣《となり》には直信《なおのぶ》もいて、「しょせんあの龍尾家《たつおけ》の血《ち》を引《ひ》く者《もの》…何《なに》を考《かんが》えておるかわからんぞ！」と厳《きび》しい口調《くちょう》で繁次《しげつぐ》を諭《さと》そうとする。

「と、父《とう》さん…」

繁次《しげつぐ》がひるんだ次《つぎ》の瞬間《しゅんかん》、「たわけ！」と盛代《しげよ》の声《こえ》が響《ひび》いた。

「その虎田家《とらだけ》の放蕩息子《ほうとうむすこ》と一緒《いっしょ》にするな‼　景《あきら》は5年《ねん》も続《つづ》けて祭《まつ》りの射手《いて》を務《つと》めた侍《さむらい》ぞ！」

直信《なおのぶ》は声《こえ》のした方《ほう》を振《ふ》り返《かえ》り、盛代《しげよ》と為史《ためふみ》がいるのを見《み》て、「何《なに》しに来《き》た？　儂《わし》の息子《むすこ》を殺《ころ》しにか⁉」と顔《かお》をしかめた。

「景《あきら》を捜《さが》しにですよ！　もしかしたらここかと思《おも》って…」

為史《ためふみ》が返《かえ》すと、和葉《かずは》が口《くち》を差《さ》しはさんだ。

「景《あきら》さんやったら流鏑馬《やぶさめ》の練習《れんしゅう》すませて今《いま》、家《いえ》に帰《かえ》るトコやって平次《へいじ》から電話《でんわ》あったで！」

「まあ、とにかくここはひとまずそれぞれの家《いえ》に帰《かえ》って待機《たいき》しましょう！　この事件《じけん》が落《お》ち着《つ》くまで！」

小五郎《こごろう》はそう提案《ていあん》すると、「繁次《しげつぐ》さんもいいですな？」と確認《かくにん》した。

繁次《しげつぐ》は携帯電話《けいたいでんわ》を開《ひら》き、画面《がめん》を操作《そうさ》しながら、「あ、はい…」とうなずく。

小屋《こや》を出《で》ると、為史《ためふみ》は「では我々《われわれ》は、こちらですので…」と直信《なおのぶ》たちに言《い》いながら、盛《しげ》代《よ》と一緒《いっしょ》に龍尾家《たつおけ》への道《みち》を歩《ある》きだそうとした。

「帰《かえ》り道《みち》、気《き》をつけてくださいよ！」

小五郎《こごろう》が声《こえ》をかける。

「フン！　そんな山姥《やまんば》、恐《おそ》ろしゅうて誰《だれ》も襲《おそ》わんわ！」

直信《なおのぶ》が憎《にく》まれ口《ぐち》をたたくと、盛代《しげよ》がすかさず、「その言葉《ことば》、汝《うぬ》にそっくり返《かえ》してくれるわ、禿狸《ハゲダヌキ》め！」と言《い》い返《かえ》した。

小五郎《こごろう》は「まあまあ…」と、言《い》い合《あ》う直信《なおのぶ》と盛代《しげよ》の仲裁《ちゅうさい》に入《はい》った。

「信玄《しんげん》も言《い》ってるじゃないですか！『情《なさ》けは味方《みかた》、仇《あだ》は敵《てき》なり』って！　ここは両家《りょうけ》のためにいがみ合《あ》わず協力《きょうりょく》して、事件《じけん》を解決《かいけつ》した方《ほう》がいいんじゃないっスか？」

なにげないその言葉《ことば》に、場《ば》の空気《くうき》が凍《こお》りついた。

為史《ためふみ》と盛代《しげよ》は足《あし》を止《と》めて振《ふ》り返《かえ》り、直信《なおのぶ》と達栄《たつえ》も、あっけにとられたように小五郎《こごろう》を見《み》つめている。

「え？　へ？」

小五郎《こごろう》が戸惑《とまど》ってきょろきょろしていると、盛代《しげよ》は「…貴様如《きさまごと》きに言《ゆ》われとうないわ！」とため息《いき》まじりに吐《は》き捨《す》て、為史《ためふみ》と共《とも》にまた歩《ある》きだした。

「今《いま》のは甲斐巡査《かいじゅんさ》の口癖《くちぐせ》なんですよ…。その言葉《ことば》でよく、この両家《りょうけ》のイザコザを治《おさ》めておられました…」

達栄《たつえ》がそっと小五郎《こごろう》に教《おし》えてくれる。

直信《なおのぶ》はどこかさびしそうに視線《しせん》を落《お》とし、ひとりごとのようにつぶやいた。

「…なのにあんなに早《はや》く逝《い》きおって…。信玄《しんげん》かぶれの…戯《たわ》け者《もの》が…」


由衣《ゆい》は馬《うま》を引《ひ》いて歩《ある》きながら、古《ふる》い写真《しゃしん》を眺《なが》めていた。

昔《むかし》、まだ由衣《ゆい》が子供《こども》だった頃《ころ》、甲斐巡査《かいじゅんさ》と一緒《いっしょ》に撮《と》った写真《しゃしん》だ。由衣《ゆい》より六歳年上《ろくさいとしうえ》の大和警部《やまとけいぶ》も、頭《あたま》を丸刈《まるが》りにした少年《しょうねん》らしい姿《すがた》で、一緒《いっしょ》に写《うつ》っている。

大《おお》きくなったら甲斐巡査《かいじゅんさ》と結婚《けっこん》したいと、ある日《ひ》由衣《ゆい》が打《う》ち明《あ》けると、甲斐巡査《かいじゅんさ》は大《おお》らかに笑《わら》いとばした。

——ん？　大《おお》きくなったら俺《おれ》の嫁《よめ》になる？　ワハハ、そいつは勘弁《かんべん》してくれ！　敢助《かんすけ》に恨《うら》まれちまう…。

同《おな》じ頃《ころ》、景《あきら》も、平次《へいじ》とコナンと一緒《いっしょ》に龍尾家《たつおけ》までの道《みち》を歩《ある》きながら、甲斐巡査《かいじゅんさ》のことを思《おも》い出《だ》していた。

流鏑馬《やぶさめ》の道《みち》を極《きわ》めんとする先輩《せんぱい》として、景《あきら》が甲斐巡査《かいじゅんさ》のことを「先生《せんせい》」と呼《よ》んだ時《とき》のこと。甲斐巡査《かいじゅんさ》は苦笑《くしょう》を浮《う》かべ、景《あきら》にこう言《い》ったのだった。

——おいおい、先生《せんせい》なんてよしてくれ…年《とし》は離《はな》れていても、お前《まえ》は俺《おれ》のライバルだ！　甲斐先輩《かいせんぱい》で構《かま》わねぇよ！

由衣《ゆい》と景《あきら》、直信《なおのぶ》、達栄《たつえ》、為史《ためふみ》、盛代《しげよ》——それぞれが甲斐巡査《かいじゅんさ》に思《おも》いを馳《は》せ、物思《ものおも》いにふけりながら家《いえ》までの道《みち》を歩《ある》く中《なか》。

ドォーーン!!

突然《とつぜん》、大《おお》きな物音《ものおと》が響《ひび》いた。

「何《なん》だ？　今《いま》の音《おと》…」

「雷《かみなり》みたいな音《おと》やったけど…」

コナンと平次《へいじ》が、怪訝《けげん》そうにあたりを見《み》まわしていると、平次《へいじ》のポケットの中《なか》で携帯電《けいたいでん》話《わ》が鳴《な》った。

「何《なん》や和葉《かずは》！　どないしたんや⁉」

『お、大《おお》っきい音《おと》がして、振《ふ》り向《む》いたら…繁次《しげつぐ》さんがいてなくて…踏切《ふみきり》んトコまで捜《さが》しに戻《もど》ったら電車《でんしゃ》が止《と》まっとって…その電車《でんしゃ》の先《さき》の方《ほう》に…ひ、人《ひと》が燃《も》えて倒《たお》れててん!!!』

「人《ひと》が燃《も》えてるやとォ⁉」

『う、うん…あれ、繁次《しげつぐ》さんやろか？』

「そこで待《ま》っとけ！　すぐに行《い》ったるから！」

横《よこ》で聞《き》いていたコナンは、また事件《じけん》が起《お》きてしまった悔《くや》しさで、唇《くちびる》を噛《か》んだ。

（くそっ…。侵掠《しんりゃく》する事《こと》…火《ひ》の如《ごと》くかよ⁉）

平次《へいじ》は急《いそ》いで電話《でんわ》を切《き》ると、コナンと共《とも》に和葉《かずは》たちのもとへ急《いそ》いだ。

すると踏切《ふみきり》の近《ちか》くの線路《せんろ》の上《うえ》で、大《おお》きな煙《けむり》があがっている。

現場《げんば》に駆《か》けつけた平次《へいじ》とコナン、そして大和警部《やまとけいぶ》たちは、燃《も》え盛《さか》る炎《ほのお》の中《なか》から残骸《ざんがい》となった人影《ひとかげ》を見《み》つけた。

遺体《いたい》は黒《くろ》く焦《こ》げて、ほとんど判別《はんべつ》がつかない状態《じょうたい》だった。かろうじてわかるのは、小太《こぶと》りな体型《たいけい》ということだけだ。

大和警部《やまとけいぶ》は遺体《いたい》をじっと観察《かんさつ》した後《あと》、険《けわ》しい表情《ひょうじょう》でつぶやいた。

「上《うえ》から下《した》まで黒《くろ》コゲだが…。この体型《たいけい》から見《み》て、虎田繁次《とらだしげつぐ》に間違《まちが》いねェようだな…」

それを聞《き》いた途端《とたん》、直信《なおのぶ》は悲鳴《ひめい》のような声《こえ》をあげた。

「な、なぜじゃ…なぜ繁次《しげつぐ》がこんな目《め》にあわねばならん!?」

「あ、あなた…」

達栄《たつえ》が気遣《きづか》って声《こえ》をかけるが、直信《なおのぶ》は涙《なみだ》をこらえきれず、大粒《おおつぶ》の涙《なみだ》をこぼし始《はじ》めた。

「なぜじゃ、繁次《しげつぐ》…」

「だったら何《なん》で、目《め》を離《はな》した？」

大和警部《やまとけいぶ》は厳《きび》しい目《め》つきで、直信《なおのぶ》や達栄《たつえ》、そして小五郎《こごろう》たちをにらみつけた。

「この虎田繁次《とらだしげつぐ》は、あんたらと家《いえ》に帰《かえ》る途中《とちゅう》で姿《すがた》をくらましたんだろーが‼」

「ああ…確《たし》かに途中《とちゅう》までは一緒《いっしょ》だったが…」

「ドーンって音《おと》がしたと思《おも》ったら…」

「繁次《しげつぐ》さんがいてなくて…」

小五郎《こごろう》、蘭《らん》、和葉《かずは》が順番《じゅんばん》に説明《せつめい》すると、直信《なおのぶ》は「た、龍尾家《たつおけ》の仕業《しわざ》じゃ…」とつぶやき、盛代《しげよ》と為史《ためふみ》をキッとにらみつけた。

「繁次《しげつぐ》は、途中《とちゅう》で別《わか》れたその山姥《やまんば》に呼《よ》び止《と》められて、火《ひ》をつけられたんじゃ‼」

「何《なに》を戯《たわ》けた事《こと》を…」

盛代《しげよ》が眉《まゆ》をひそめ、冷《つめ》たく反論《はんろん》する。

その時《とき》、為史《ためふみ》が思《おも》い出《だ》したように口《くち》を開《ひら》いた。

「そ、そういえば彼《かれ》は、釣《つ》り竿《ざお》を持《も》っていたよ…」

大和警部《やまとけいぶ》が「釣《つ》り竿《ざお》？」と反応《はんのう》すると、為史《ためふみ》はうなずきながら説明《せつめい》した。

「ええ…ケースに入《はい》ってましたけど、多分《たぶん》釣《つ》り竿《ざお》だと思《おも》います…。彼《かれ》は何度《なんど》かそのケースを持《も》って、息子達《むすこたち》をアユ釣《つ》りに誘《さそ》いにウチに来《き》た事《こと》があるので…」

「釣《つ》り竿《ざお》やったんや…。上《うえ》ばっかり見《み》てはったから、猟銃《りょうじゅう》背負《しょ》って鳥《とり》かなんか狙《ねろ》うてはるんやと…」

和葉《かずは》が言《い》うと、蘭《らん》も「うん…繁次《しげつぐ》さん、猟《りょう》もたまにやるって言《い》ってたし…」と同意《どうい》する。

それを聞《き》いた小五郎《こごろう》は、何《なに》かに気《き》づいたように、空《そら》の方《ほう》を見《み》あげた。

「お、おい…上《うえ》っていうとまさか…」

小五郎《こごろう》の視線《しせん》の先《さき》には、電車《でんしゃ》の架線《かせん》がある。

すると平次《へいじ》が「そうや！」と鋭《するど》く叫《さけ》んだ。

「繁次《しげつぐ》さんは、この渓流《けいりゅう》釣《づ》り用《よう》の長《なが》い釣《つ》り竿《ざお》で電車《でんしゃ》の架線《かせん》に触《ふ》れて、感電死《かんでんし》したんや…。この竿《さお》は電気《でんき》を通《とお》しやすいカーボン製《せい》やから…触《さわ》った途端《とたん》に約《やく》１５００ボルトの電気《でんき》が体《からだ》抜《ぬ》けて、黒《くろ》コゲになってしもたっちゅうこっちゃ！」

平次《へいじ》は、指紋《しもん》がつかないように布《ぬの》ごしに持《も》った釣《つ》り竿《ざお》を、みんなに見《み》せた。釣《つ》り竿《ざお》は、平次《へいじ》の推理《すいり》が正《ただ》しいことを示《しめ》すかのように、黒《くろ》コゲになっている。

「その竿《さお》、どこに？」

小五郎《こごろう》が聞《き》くと、コナンが指《ゆび》をさして答《こた》えた。

「すぐそこの林《はやし》のトコだよ！　きっと電車《でんしゃ》にはねられて、飛《と》ばされたんじゃない？」

「はねられただと？」

小五郎《こごろう》が聞《き》き返《かえ》すと、コナンは「うん！」とうなずいた。

「竿《さお》のケースがあの踏切《ふみきり》の所《ところ》に落《お》ちてたから…。きっとあそこで釣《つ》り竿《ざお》を出《だ》してビリビリってきた後《あと》、電車《でんしゃ》にはねられて、ここまで飛《と》ばされたんだと思《おも》うけど…。そのケースのそばに、百足《むかで》の死骸《しがい》も落《お》ちてたしね…」

「…となると、この殺《ころ》しも…」

小五郎《こごろう》がおそるおそる言《い》うと、平次《へいじ》は真剣《しんけん》な表情《ひょうじょう》でうなずいた。

「ああ…連続殺人《れんぞくさつじん》や…。竜巻《たつまき》で死《し》んだ虎田義郎《とらだよしろう》さんが『風《かぜ》』！　山盛《やまも》りの土《つち》に埋《う》められて撲殺《ぼくさつ》された龍尾康司《たつおこうじ》さんが『山《やま》』！　林《はやし》で吊《つ》られた龍尾綾華《たつおあやか》さんが『林《はやし》』！　ほんで感電《かんでん》して黒《くろ》コゲになって燃《も》えてしもた虎田繁次《とらだしげつぐ》さんが『火《ひ》』！　風林火山《ふうりんかざん》…。まんまと完成《かんせい》されてしもたわ!!」

「でもどうして？　何《なん》で妻《つま》の綾華《あやか》や僕《ぼく》の友人達《ゆうじんたち》が殺《ころ》されなきゃいけないんだ？」

景《あきら》が震《ふる》える声《こえ》で問《と》いかける。

「だから、あんたらが武田信玄《たけだしんげん》の埋蔵金《まいぞうきん》を掘《ほ》り出《だ》そうとしたから、それに腹《はら》を立《た》てた信玄《しんげん》ファンにだな…」

小五郎《こごろう》が面倒《めんどう》くさそうに景《あきら》の疑問《ぎもん》を一蹴《いっしゅう》しようとした時《とき》、現場付近《げんばふきん》を調《しら》べていた刑事《けいじ》が大和警部《やまとけいぶ》に声《こえ》をかけた。

「大和警部《やまとけいぶ》！　妙《みょう》な手帳《てちょう》が、線路脇《せんろわき》に！」

「あん？」

手帳《てちょう》はリングノートの形状《けいじょう》で、しおりにしてはずいぶん長《なが》いヒモが垂《た》れている。

大和警部《やまとけいぶ》は手帳《てちょう》を受《う》け取《と》ると、中身《なかみ》を確認《かくにん》しながらつぶやいた。

「埋蔵金探《まいぞうきんさが》しの経過《けいか》を書《か》いた物《もん》のようだが…」

「あ、それってもしかして…繁次《しげつぐ》さんが捜《さが》してたメモ帳《ちょう》なんじゃ…」

蘭《らん》が声《こえ》をあげると、和葉《かずは》も「そやそや！」と続《つづ》けた。

「埋蔵金探《まいぞうきんさが》しの山小屋《やまごや》の中《なか》で捜《さが》してはったよ！　宝探《たからさが》し中断《ちゅうだん》するから持《も》って帰《かえ》るって…」

「その手帳《てちょう》、私《わたし》も見《み》た事《こと》あるわ…。主人《しゅじん》の義郎《よしろう》が家《いえ》に持《も》って帰《かえ》った時《とき》に…。中《なか》は見《み》せてくれなかったけど…」と、由衣《ゆい》。

「僕《ぼく》には触《さわ》らせてもくれなかったよ…。景《あきら》は手伝《てつだ》うだけでいいからって…」と、景《あきら》。

すると大和警部《やまとけいぶ》が、手帳《てちょう》をめくりながら冷静《れいせい》に言《い》う。

「そりゃーそうだろうよ…。こいつは交換日記《こうかんにっき》も兼《か》ねていたようだからな！」

小五郎《こごろう》は「え？」と驚《おどろ》き、いったいどういうことかと、大和警部《やまとけいぶ》に怪訝《けげん》そうな視線《しせん》を向《む》けた。

「日記《にっき》に書《か》いてある事《こと》を要約《ようやく》すると…」

大和警部《やまとけいぶ》が、手帳《てちょう》を読《よ》みながら説明《せつめい》する。手帳《てちょう》には、ページを破《やぶ》りとったような跡《あと》が残《のこ》っていたが、大和警部《やまとけいぶ》はかまわずに話《はな》し続《つづ》けた。

「6年前《ねんまえ》、ある人物《じんぶつ》を誤《あやま》って殺《ころ》してしまい…警察《けいさつ》に出頭《しゅっとう》するか否《いな》かで意見《いけん》を闘《たたか》わせ…結局《けっきょく》、何《なに》も語《かた》らず、このまま黙《だま》っていようという事《こと》になったようだ…。龍尾景《たつおあきら》…あんたのためにな！」

「え？」

突然名指《とつぜんなざ》しされ、景《あきら》は眉《まゆ》をしかめた。

「ちょ、ちょっと待《ま》って！　6年前《ねんまえ》って事《こと》は、その殺《ころ》された人《ひと》って…」

由衣《ゆい》が言《い》うと、景《あきら》もピンときたようで、「ま、まさか…」と声《こえ》を震《ふる》わせた。

大和警部《やまとけいぶ》が静《しず》かにうなずく。

「ああ…それまでこの村《むら》の祭《まつ》りで、流鏑馬《やぶさめ》の射手《いて》を任《まか》されていた…甲斐玄人《かいくろと》さんだよ…。

甲斐《かい》さんとの予選《よせん》を引《ひ》き分《わ》け、疲労困憊《ひろうこんぱい》したあんたをなんとか勝《か》たせるために、甲斐《かい》さんに怪我《けが》を負《お》わせようとしたんだよ！　流鏑馬《やぶさめ》の練習中《れんしゅうちゅう》に甲斐《かい》さんの馬《うま》を花火《はなび》でビビらせ、落馬《らくば》させてな…。だが、思《おも》った以上《いじょう》に馬《うま》が驚《おどろ》いちまって走《はし》り去《さ》り、後《あと》を追《お》ってったら、馬《うま》ごと崖下《がけした》に落《お》ちた甲斐《かい》さんを発見《はっけん》したそうだ…」

「そ、そんな…。そんなバカな…」

衝撃《しょうげき》の事実《じじつ》に、景《あきら》が絶句《ぜっく》する。

大和警部《やまとけいぶ》は淡々《たんたん》と言葉《ことば》を重《かさ》ねた。

「交換日記《こうかんにっき》を書《か》いていたのは、文字《もじ》からすると４人《にん》…。筆跡鑑定《ひっせきかんてい》しねぇとはっきりとはわからねえが…恐《おそ》らく、今回死《こんかいし》んだ虎田家《とらだけ》の義郎《よしろう》と繁次《しげつぐ》…龍尾家《たつおけ》の康司《こうじ》と綾華《あやか》の４人《にん》だろうな…」

「し、しかし何《なん》でその４人《にん》が…。それにそんな手帳《てちょう》が、どうしてここに…？」

小五郎《こごろう》は大和警部《やまとけいぶ》の推理《すいり》についていけず、怪訝《けげん》そうに眉《まゆ》をひそめている。

大和警部《やまとけいぶ》は「フン」と鼻《はな》を鳴《な》らした。

「何《なに》もかも隠《かく》したまま、地獄《じごく》に落《お》ちるためよ…。捜《さが》してたっていうこの手帳《てちょう》を、実《じつ》は山小《やまご》屋《や》の中《なか》で見《み》つけていて、こいつを手《て》に持《も》ったまま灰《はい》になり、甲斐《かい》さんにわびるつもりだったなら辻褄《つじつま》が合《あ》う！」

「じゃあまさか、この一連《いちれん》の殺人《さつじん》は…」

「ああ…6年前《ねんまえ》の犯行《はんこう》に加《くわ》わった仲間《なかま》を葬《ほうむ》り、最後《さいご》に自分《てめえ》の命《いのち》を断《た》ち…真実《しんじつ》をも闇《やみ》に葬《ほうむ》ろうとした虎田《とらだ》繁次《しげつぐ》がやらかした連続殺人《れんぞくさつじん》だよ‼ 風林火山《ふうりんかざん》になぞらえて犯行《はんこう》を重《かさ》ねたのは、信玄《しんげん》に執着《しゅうちゃく》してる輩《やから》の仕業《しわざ》だと見《み》せかけ、殺人《さつじん》の本当《ほんとう》の目的《もくてき》を龍尾《たつお》景《あきら》に知《し》られたくないため…。手帳《てちょう》を隠滅《いんめつ》しようとしたのもそのためだ！ まあ、運悪《うんわる》く燃《も》えずに飛《と》ばされて残《のこ》っちまったがな…」

理路整然《りろせいぜん》とした大和警部《やまとけいぶ》の推理《すいり》に、小五郎《こごろう》も「なるほど…」とすっかり納得《なっとく》した。

「だから警察《けいさつ》に出頭《しゅっとう》しようとした矢先《やさき》に、竜巻《たつまき》にあった義郎《よしろう》さんを、見殺《みごろ》しにしたんだな？ 警察《けいさつ》で全《すべ》て話《はな》されると、景《あきら》さんの耳《みみ》にも入《はい》る…他《ほか》の仲間《なかま》もそうなる前《まえ》にって事《こと》か…」

「そういえば繁次《しげつぐ》さん言《い》ってたな…景《あきら》さんは同級生《どうきゅうせい》のヒーローだって…」

蘭《らん》が複雑《ふくざつ》そうな表情《ひょうじょう》を浮《う》かべながら小声《こごえ》で言《い》うと、和葉《かずは》も「うん…」と、そっと同意《どうい》した。

景《あきら》はうつむいて黙《だま》りこみ、しばらくの間《あいだ》、重《おも》たい空気《くうき》が流《なが》れた。

やがて為史《ためふみ》が、ため息《いき》をつきながら口《くち》を開《ひら》く。

「しかし、いくら景《あきら》のためとはいえ、そんな過《あやま》ちを犯《おか》すとは…」

「きっとあの世《よ》で活《かつ》を入《い》れてくださるわい…。あの甲斐《かい》さんならのォ…」

盛代《しげよ》がしみじみと言《い》うと、大和警部《やまとけいぶ》が強《つよ》い口調《くちょう》で場《ば》を締《し》めた。

「とにかく事件《じけん》は終《お》わった！　あんたらにはこのまま安心《あんしん》して家《いえ》に帰《かえ》れと言《い》いたい所《ところ》だが、あんたらの家《いえ》を調《しら》べて事件《じけん》のウラを取《と》りてぇから、しばらくここにいてもらうぜ…。まあ調《しら》べ終《お》わったら、部下《ぶか》に迎《むか》えに来《こ》させるからよ…」


大和警部《やまとけいぶ》が去《さ》っていくと、平次《へいじ》は和葉《かずは》と蘭《らん》の方《ほう》を振《ふ》り返《かえ》り、あらためて聞《き》いた。

「なあ、あの手帳《てちょう》、ホンマに繁次《しげつぐ》さん見《み》つけたんか？」

「さあ…そないなふうには見《み》えへんかったけど…」と、和葉《かずは》。

「でも繁次《しげつぐ》さん、捜《さが》すの止《や》めて携帯《けいたい》のメール見《み》てたから、見《み》つかったんじゃない？」と、蘭《らん》。

平次《へいじ》は「メールやと？」と眉《まゆ》をあげた。

「ああ…そういえば見《み》てたなぁ…。これから帰《かえ》るって時《とき》に…」

小五郎《こごろう》が、その時《とき》のことを思《おも》い出《だ》しながら言《い》う。小五郎《こごろう》にうながされて小屋《こや》を出《で》る時《とき》、繁次《しげつぐ》はもう引《ひ》き出《だ》しの中《なか》を捜《さが》してはおらず、手《て》に持《も》った携帯電話《けいたいでんわ》を操作《そうさ》していた。

その時《とき》、線路《せんろ》のまわりを調《しら》べていたコナンが、「おい服部《はっとり》…」と平次《へいじ》に声《こえ》をかけた。

「ん?」

「見《み》ろよ、これ!」

コナンの手《て》には、大人《おとな》の握《にぎ》りこぶしほどの大《おお》きさの石《いし》が握《にぎ》られている。

「石《いし》に紐付《ひもつ》けた物《もん》やなぁ…。そないゆうたら、あの手帳《てちょう》にも紐付《ひもつ》いとったなぁ…しおりには長《なが》いなぁと思《おも》たんやけど…」

「それにあの手帳《てちょう》…ページが破《やぶ》り取《と》られた跡《あと》があったよな? 丁度《ちょうど》あの刑事《けいじ》さんが、交換《こうかん》日記《にっき》を見《み》てたあたりに…」

「ああ…オレも気《き》ィついたけど、何《なん》でその事《こと》ゆわへんかったんや? あの刑事《けいじ》…」

「さあ…関係《かんけい》ない部分《ぶぶん》だったか…もしくは…」

二人《ふたり》が顔《かお》をつきあわせて話《はな》していると、小五郎《こごろう》がうんざりしたように、「おい、いい加《か》減《げん》にしねーか!」と割《わ》り込《こ》んできた。

「この風林火山殺人事件《ふうりんかざんさつじんじけん》は決着《けっちゃく》したんだよ! 燃《も》えた繁次《しげつぐ》さんの『火《ひ》』でな!」

その言葉《ことば》に、由衣《ゆい》が「雷《かみなり》よ…」と、ぽつりとつぶやく。

小五郎《こごろう》が驚《おどろ》いて、「え?」と視線《しせん》を向《む》けたその瞬間《しゅんかん》、カッと空《そら》が光《ひか》り、続《つづ》いてゴロゴロと雷《かみなり》の音《おと》が響《ひび》いた。

「ホンマや、雷《かみなり》やん! 雨降《あめふ》って来《く》るんとちゃう?」

「ウソ! 傘《かさ》なんて持《も》ってないよ!」

和葉《かずは》と蘭《らん》が、困《こま》ったように空《そら》を見《み》あげる。

一方《いっぽう》、平次《へいじ》とコナンは、由衣《ゆい》の言《い》った言葉《ことば》にひっかかり、にわかに表情《ひょうじょう》を緊張《きんちょう》させていた。

(雷《かみなり》…)

(だと…?)

「嫌《いや》ですわ…雨《あめ》の中《なか》、こんな所《ところ》で待《ま》たされるなんて…」

達栄《たつえ》がボヤくと、由衣《ゆい》が腕《うで》組《ぐ》みをしながら、「そういえば」とさりげなくきりだした。

「主人達《しゅじんたち》が甲斐《かい》さんを殺《ころ》した日《ひ》も、雨《あめ》だったそうね…。主人《しゅじん》はよく夜《よ》な夜《よ》なうなされていたから…。音《おと》が…光《ひかり》が…逃《に》げろって…」

「いや…甲斐先輩《かいせんぱい》と引《ひ》き分《わ》けたあの日《ひ》は晴《は》れていたと思《おも》うけど…」

景《あきら》が声《こえ》をこわばらせて否定《ひてい》すると、為史《ためふみ》も「ああ、一日中《いちにちじゅう》…」と言《い》い添《そ》えた。

由衣《ゆい》は「あら、そう…」とあっさりひきさがる。

空《そら》にはどんどん暗雲《あんうん》がたちこめ、今《いま》にも雨《あめ》が降《ふ》りそうな気配《けはい》だ。

「雨《あめ》に降《ふ》られたら、繁次《しげつぐ》がかわいそうじゃ…」

繁次《しげつぐ》の遺体《いたい》を見《み》ながら直信《なおのぶ》が嘆《なげ》き、盛代《しげよ》も「そうじゃのォ…」と同意《どうい》する。

「なあ平次《へいじ》、刑事《けいじ》さんにゆうて何《なん》とかならへんのん?」

和葉《かずは》は後《うし》ろを振《ふ》り返《かえ》り、「——って、いてへんやん!」とあわてた声《こえ》をあげた。

「コナン君《くん》も!?」と、蘭《らん》。

さっきまでそこにいたはずなのに、平次《へいじ》もコナンも、どこかへ行《い》ってしまったようだ。

小五郎《こごろう》は「またあいつら勝手《かって》に…」と、ため息《いき》をついた。


平次《へいじ》とコナンは、綾華《あやか》が殺《ころ》された現場《げんば》へと戻《もど》っていた。

綾華《あやか》の遺体《いたい》はすでに片《かた》づけられ、木《き》の枝《えだ》に吊《つ》るされたロープが一本残《いっぽんのこ》っているだけだ。

木《き》のまわりは、立《た》ち入《い》り禁止《きんし》を示《しめ》す黄色《きいろ》いテープで囲《かこ》われている。

平次《へいじ》とコナンはテープの外側《そとがわ》から現場《げんば》をのぞきこみながら、「謎《なぞ》やのォ…」「ああ…」と話《はな》し合《あ》った。

「さっき黒《くろ》コゲになってしもた繁次《しげつぐ》さんの方《ほう》は、なんとなしにわかったんやけど…」

「問題《もんだい》はここで吊《つ》られた綾華《あやか》さんの足下《あしもと》に、誰《だれ》の足跡《あしあと》もなかった事《こと》…」

「せやなぁ…。残《のこ》っとるんは、死体降《したいお》ろす時《とき》についた、あの隻眼《せきがん》の刑事《けいじ》の足跡《あしあと》と杖《つえ》の跡《あと》だけや…」

「確《たし》か綾華《あやか》さんを捜《さが》しに出《で》た時《とき》、景《あきら》さんと由衣《ゆい》さんと達栄《たつえ》さんは馬《うま》で、為史《ためふみ》さんは車《くるま》、直《なお》信《のぶ》さんがスクーターで、盛代《しげよ》さんが足《あし》だったよな？」

「ああ…あん時《とき》、誰《だれ》も綾華《あやか》さんを連《つ》れてへんかったから、捜《さが》しに行《い》く前《まえ》にもう吊《つ》られとったんやろ…」

「だとしたら、いつどのタイミングで吊《つ》るしたんだ？　綾華《あやか》さんがトイレからいなくなるまで、虎田家《とらだけ》の人達《ひとたち》はオレ達《たち》と一緒《いっしょ》にいたし…」

「龍尾家《たつおけ》の連中《れんちゅう》も、為史《ためふみ》さんが運転《うんてん》する車《くるま》で来《き》たっちゅうとったしなァ…」

真剣《しんけん》に話《はな》し合《あ》っていると、先《さき》ほど大和警部《やまとけいぶ》と一緒《いっしょ》に現場《げんば》を調《しら》べていた刑事《けいじ》が、手《て》に黒《くろ》い布《ぬの》のようなものをかかえて林《はやし》の奥《おく》から走《はし》ってきた。制服姿《せいふくすがた》の警察官《けいさつかん》も一緒《いっしょ》で、丸《まる》めたシートを腕《うで》にかかえている。

「コラ！　何《なん》なんだお前《まえ》ら⁉　勝手《かって》に現場《げんば》に！」

刑事《けいじ》に怒《おこ》られても、平次《へいじ》は悪《わる》びれず、「あ、さっきの刑事《けいじ》さんか…どないしたんや？」

と平然《へいぜん》として聞《き》いた。

「雨《あめ》が降《ふ》りそうだから現場《げんば》を保存《ほぞん》して来《こ》いと、大和警部《やまとけいぶ》に言《い》われたんだよ！」

「あれ？　そんな小《ちい》さな布《ぬの》で地面《じめん》を覆《おお》う気《き》なの？」

刑事《けいじ》が持《も》っている布《ぬの》を見《み》ながらコナンが聞《き》く。

刑事《けいじ》は「いや、覆《おお》うのはあのシート！」と、警察官《けいさつかん》がかかえているシートを指《ゆび》さした。

「この黒《くろ》いコートは、さっき木《き》の枝《えだ》にひっかかってるのを見《み》つけたんだ！」

「そのコートって…」

「濡《ぬ》れてるんか？」

コナンと平次《へいじ》が聞《き》くと、刑事《けいじ》は「ぬ、濡《ぬ》れてはいないけど…」と戸惑《とまど》った。

「けど、なんや？」

「あ、いや…さっき大和警部《やまとけいぶ》に報告《ほうこく》したら…同《おな》じ事《こと》を聞《き》かれたから…。とにかく邪魔《じゃま》しないでくれ！　こっちは警部《けいぶ》が帰《かえ》って来《き》て早々《そうそう》、休《やす》む間《ま》もなくこき使《つか》われてんだから！」

「帰《かえ》って来《き》たって…どっか行《い》ってたの？」と、コナン。

「この半年間《はんとしかん》、行方不明《ゆくえふめい》だったんだよ…。仮出所中《かりしゅっしょちゅう》に逃亡《とうぼう》した男《おとこ》を見《み》かけたっていう通報《つうほう》があり、その男《おとこ》を追《お》って入《はい》った山《やま》で雪崩《なだれ》に遭《あ》ってな…」

コナンが「雪崩《なだれ》？」と驚《おどろ》いて聞《き》き返《かえ》すと、刑事《けいじ》は「ああ…」とうなずき、神妙《しんみょう》な顔《かお》で説《せつ》明《めい》を続《つづ》けた。

「その男《おとこ》は8年前《ねんまえ》に、甲斐《かい》さんが窃盗《せっとう》で捕《つか》まえた男《おとこ》で、姿《すがた》を消《け》したのが丁度《ちょうど》6年前《ねんまえ》…。6年前《ねんまえ》に甲斐《かい》さんが事故死《じこし》した事件《じけん》と関係《かんけい》があるとにらんで、警部《けいぶ》は追《お》ったんだが…先月捕《せんげつつか》まえて尋問《じんもん》したら、事件《じけん》とは無関係《むかんけい》だったよ…。お陰《かげ》で警部《けいぶ》は左目《ひだりめ》と左足《ひだりあし》を負傷《ふしょう》し、意識《いしき》不明《ふめい》で病院《びょういん》に収容《しゅうよう》されていたっていうのに…」

「入院《にゅういん》しとったのに、何《なん》で行方不明《ゆくえふめい》やねん？」

「その男《おとこ》に聞《き》くまでわからなかったんだ、雪崩《なだれ》にあったなんて…」

大和警部《やまとけいぶ》が隻眼《せきがん》で、杖《つえ》をついているのは、その雪崩《なだれ》に遭《あ》った後遺症《こういしょう》だったのだ。

刑事《けいじ》の男《おとこ》は暗《くら》い顔《かお》でうつむくと、「しかし運命《うんめい》なんて酷《こく》だよなぁ…」と続《つづ》けた。

「警部《けいぶ》がいなくなる前《まえ》に部下《ぶか》だった上原《うえはら》さんと、今回被害者《こんかいひがいしゃ》の妻《つま》として再会《さいかい》するなんて…。あの2人《り》、いい感《かん》じに見《み》えたのに…」

コナンが驚《おどろ》いて、「え？」と刑事《けいじ》の顔《かお》を見《み》あげる。

「ホント、ビックリだよ！　甲斐《かい》さんの事件《じけん》の真相《しんそう》は絶対《ぜったい》つきとめてみせるって、２人《り》で張《は》り切《き》ってたのに、さっさと刑事《けいじ》を辞《や》めて結婚《けっこん》しちゃうんだから…。大和警部《やまとけいぶ》と上原《うえはら》さんは、甲斐《かい》さんにあこがれて…刑事《けいじ》になったって聞《き》いてたしな…」

「ほんなら6年前《ねんまえ》に、彼女《かのじょ》が甲斐《かい》さんの死体《したい》を見《み》つけた時《とき》は刑事《けいじ》やったんか？」

「ああ…なりたてのホヤホヤだったから…泣《な》きじゃくって大変《たいへん》だったよ…」

そう言《い》うと、刑事《けいじ》はふとあごに手《て》をあてて、「涙《なみだ》っていえば妙《みょう》な事《こと》が1つ…」とつぶやいた。

「ん？　何《なん》や？」

「この木《き》に吊《つ》られていた綾華《あやか》さんだよ…。殺《ころ》される前《まえ》に涙《なみだ》を拭《ぬぐ》ったはずなのに、涙《なみだ》の跡《あと》がないんだよ…」

「どうして涙《なみだ》を拭《ぬぐ》ったってわかるの？」

「左目《ひだりめ》のアイシャドーが擦《こす》れていて、右手《みぎて》の人差《ひとさ》し指《ゆび》についてたんだ…。涙《なみだ》を拭《ぬぐ》ったとしか思《おも》えないだろ？」

刑事《けいじ》が答《こた》えるやいなや、コナンと平次《へいじ》は「それ、色《いろ》は⁉」「何色《なにいろ》や⁉」と刑事《けいじ》を問《と》い詰《つ》めた。
「あ、ああ…よくある…ブルーのアイシャドーだったよ…」
(青《あお》!!)
綾華《あやか》の右手《みぎて》の人《ひと》さし指《ゆび》に青《あお》いアイシャドーがついていた——。
刑事《けいじ》から聞《き》いた新《あら》たな情報《じょうほう》を前《まえ》に、二人《ふたり》は考《かんが》えこんだ。
(待《ま》てよ…青《あお》っちゅうたら…)
(確《たし》か…確《たし》か…)
思《おも》い出《だ》すのは、綾華《あやか》の遺体《いたい》を発見《はっけん》する直前《ちょくぜん》のやりとりだ。
馬《うま》に乗《の》っている由衣《ゆい》に対《たい》して、確《たし》か大和警部《やまとけいぶ》はこう言《い》っていた。
——オラ、さっさとしねぇか奥《おく》さん!!　その黒鹿毛《クロカゲ》に飼《か》い葉《ば》をやる時間《じかん》だろーが!!
その言葉《ことば》を同時《どうじ》に思《おも》い出《だ》し、平次《へいじ》とコナンは思《おも》わず顔《かお》を見合《みあ》わせた。
(そうや…そうやったんや…。せやから綾華《あやか》さんは…)
(アイシャドーを拭《ぬぐ》ったんだ…必死《ひっし》の思《おも》いで…)
カッ!
空《そら》が明《あか》るく光《ひか》り、ゴロゴロゴロ……と雷《かみなり》が鳴《な》る。

平次《へいじ》とコナンは、確信《かくしん》に満《み》ちた表情《ひょうじょう》で言《い》った。

「どうやらこの戦《いくさ》…」

「まだ終《お》わってねぇみてぇだな…」

大和警部《やまとけいぶ》がみんなに言《い》ったことは、まちがっていた。

繁次《しげつぐ》は、この連続殺人事件《れんぞくさつじんじけん》の犯人《はんにん》ではない——。

綾華《あやか》のアイシャドーを手《て》がかりに、二人《ふたり》はとうとう事件《じけん》の真相《しんそう》にたどりついたのだ。


大和警部《やまとけいぶ》の指示《しじ》で、繁次《しげつぐ》が殺害《さつがい》された現場《げんば》に足止《あしど》めされていた虎田家《とらだけ》の人々《ひとびと》とコナンたちは、半日《はんにち》ほどたってからようやく解放《かいほう》され、虎田家《とらだけ》の屋敷《やしき》へと帰《かえ》ってきた。

雨《あめ》は降《ふ》らずに持《も》ちこたえていたが、空《そら》にはしきりに雷《かみなり》の音《おと》が響《ひび》いている。

やっと家《いえ》の中《なか》に入《はい》らせてもらえることになり、みんなホッとした表情《ひょうじょう》だ。しかし、正門《せいもん》をくぐったところで、刑事《けいじ》に呼《よ》び止《と》められてしまった。

「なにィ!?　また警察《けいさつ》がこの家《いえ》を調《しら》べに来《く》るじゃと!?　今日《きょう》、半日調《はんにちしら》べてまだ足《た》りぬと申《もう》すか!?」

これから警察《けいさつ》が虎田《とらだ》家を調《しら》べにくると聞《き》いて、直信《なおのぶ》は不満《ふまん》のあまり声《こえ》を荒《あら》らげた。

達栄《たつえ》も眉《まゆ》をひそめ、「息子《むすこ》の葬儀《そうぎ》の準備《じゅんび》もあるというのに…」と嘆息《たんそく》している。

刑事《けいじ》はすっかり申《もう》し訳《わけ》なさそうな表情《ひょうじょう》だ。

「ですが、まだ不可解《ふかかい》な点《てん》があるので隅《すみ》から隅《すみ》まで念入《ねんい》りに調《しら》べたいからと…大和警部《やまとけいぶ》が…。明日《あした》から鑑識《かんしき》さんや捜査官《そうさかん》を十数人《じゅうすうにん》連《つ》れて、泊《と》まり込《こ》みで調《しら》べるつもりだとか言《い》ってましたけど…」

「それで？　何《なん》ですか？　その不可解《ふかかい》な点《てん》って…」

由衣《ゆい》が冷静《れいせい》に問《と》いただすと、刑事《けいじ》は「さぁ…」と頬《ほお》をかいた。

「自分《じぶん》も気《き》になって警部《けいぶ》に聞《き》こうとしたんだけど…電話《でんわ》が通《つう》じなくて…」

「まあ、３人殺《にんころ》して最後《さいご》に自殺《じさつ》した連続殺人犯《れんぞくさつじんはん》の家《いえ》だから、調《しら》べたいのはわかるが…」

そう前置《まえお》きしながらも、小五郎《こごろう》はうんざりした顔《かお》で刑事《けいじ》に詰《つ》め寄《よ》った。

「この事件《じけん》は風林火山《ふうりんかざん》！　つまり…竜巻《たつまき》で死《し》んだ虎田義郎《とらだよしろう》さんの『風《かぜ》』と、山盛《やまも》りの土《つち》に埋《う》められ撲殺《ぼくさつ》された龍尾康司《たつおこうじ》さんの『山《やま》』と…。林《はやし》で吊《つ》られた龍尾綾華《たつおあやか》さんの『林《はやし》』…。そして犯人《はんにん》である虎田繁次《とらだしげつぐ》さんが持《も》った竿《さお》で電車《でんしゃ》の架線《かせん》に触《ふ》れて感電《かんでん》し、燃《も》えた『火《ひ》』の事件《じけん》で完結《かんけつ》してんだ！　家宅捜査《かたくそうさ》は葬式《そうしき》とかが終《お》わって、落《お》ち着《つ》いてからでもいいんじゃねえか？」

「でも警部《けいぶ》が、どうしても明日《あした》からやりたいって…。もちろん龍尾家《たつおけ》も同《おな》じく明日《あした》から調《しら》べますよ！　この連続殺人《れんぞくさつじん》は、６年前《ねんまえ》にその４人《にん》が、甲斐《かい》さんを誤《あやま》って殺《ころ》してしまった事《こと》が原因《げんいん》ですからね…」

「それ、いつまでですの？」

「３、４日《か》かかると言《い》ってましたけど…」

達栄《たつえ》の質問《しつもん》に刑事《けいじ》が答《こた》えると、直信《なおのぶ》は「さ、３、４日《か》じゃと？」と、目《め》を剥《む》いた。

「確《たし》かお祭《まつ》りは３日後《かご》やってゆうてはったよなぁ？」

「うん…始《はじ》まっちゃうね…」

和葉《かずは》と蘭《らん》が、目《め》を合《あ》わせてささやき合《あ》う。

一同《いちどう》のやりとりを聞《き》きながら、コナンと平次《へいじ》は何《なに》かに納得《なっとく》したのか、低《ひく》い声《こえ》で「なるほど祭《まつ》りか…」「それが狙《ねら》いやな…」とつぶやいていた。


その頃《ころ》。

景《あきら》も、為史《ためふみ》と盛代《しげよ》と共《とも》に、龍尾家《たつおけ》の自宅《じたく》へと帰《かえ》ってきた。

「景《あきら》や…。そろそろ休《やす》め…。今日《きょう》は色々《いろいろ》あり過《す》ぎた…。早《はや》く床《とこ》について疲《つか》れを取《と》るがよい…」

まっすぐ稽古場《けいこば》に向《む》かう景《あきら》に、盛代《しげよ》が気遣《きづか》って声《こえ》をかける。

しかし、景《あきら》は弓《ゆみ》を手《て》にしたまま、首《くび》を振《ふ》った。

「いや…明日《あした》は、隣町《となりまち》の射手《いて》と最終勝負《さいしゅうしょうぶ》…。うかうか寝《ね》てはいられませんよ…」

「しかし明日《あした》からこの家《いえ》を調《しら》べに、警察《けいさつ》が押《お》し掛《か》けて来《く》るそうじゃないか！　早《はや》く寝《ね》ておかないと…」

為史《ためふみ》が説得《せっとく》しようとするが、景《あきら》は「だから騒《さわ》がしくなる前《まえ》に、心《こころ》を無《む》にしておきたいんです…」と譲《ゆず》らない。

「じゃがのォ…」

なおも心配《しんぱい》そうな盛代《しげよ》に、景《あきら》は「大丈夫《だいじょうぶ》！」と力強《ちからづよ》く告《つ》げた。

「ほどほどにして休《やす》みますから…。事件《じけん》は終《お》わり、心《こころ》を乱《みだ》す事《こと》はもう起《お》きないはずですしね…」

その言葉《ことば》に説得《せっとく》され、景《あきら》を残《のこ》して稽古場《けいこば》を後《あと》にした盛代《しげよ》だったが、やはり心配《しんぱい》でたまらない。

廊下《ろうか》を歩《ある》きながら、「大丈夫《だいじょうぶ》じゃろうか？　景《あきら》…」と為史《ためふみ》に話《はな》しかけると、為史《ためふみ》も「平《へい》静《せい》を装《よそお》っておりますが、心《こころ》の内《うち》は…」と顔《かお》を曇《くも》らせた。

「やはり祭《まつ》りの射手《いて》は、辞退《じたい》させた方《ほう》がよいやもしれんのォ…」

為史《ためふみ》と盛代《しげよ》の会話《かいわ》を、窓《まど》の外《そと》から盗《ぬす》み聞《き》く人影《ひとかげ》があった。

カッ!!

背後《はいご》で雷《かみなり》が光《ひか》り、その不審人物《ふしんじんぶつ》の輪郭《りんかく》をはっきりと照《て》らしだす。

不審人物《ふしんじんぶつ》は唇《くちびる》を引《ひ》き結《むす》び、龍尾家《たつおけ》の様子《ようす》をうかがっていた。

景《あきら》は稽古場《けいこば》で弓《ゆみ》を引《ひ》き、練習《れんしゅう》に励《はげ》んでいた。

しかし、心《こころ》が乱《みだ》れ、思《おも》うように弓《ゆみ》を引《ひ》けない。

昔《むかし》からの友人《ゆうじん》がたて続《つづ》けに殺《ころ》されたことや、その犯人《はんにん》が自分《じぶん》の友人《ゆうじん》だったことももちろん衝撃《しょうげき》だったが、それ以上《いじょう》にショックだったのは、自《みずか》らが甲斐巡査《かいじゅんさ》の死《し》のきっかけになっていたことだ。

（義郎《よしろう》…康司《こうじ》…綾華《あやか》…繁次《しげつぐ》…。どうして僕《ぼく》なんかのために…どうして甲斐先輩《かいせんぱい》を…。どうして⁉）

自問《じもん》しても答《こた》えは見《み》つからず、苦悩《くのう》する景《あきら》の背後《はいご》で、稽古場《けいこば》のドアが静《しず》かに開《あ》いた。

顔《かお》をのぞかせたのは、例《れい》の不審人物《ふしんじんぶつ》だ。

景《あきら》はゆっくりと振《ふ》りむきながら言《い》った。

「やはりあなたでしたか…虎田由衣《とらだゆい》さん…」

由衣《ゆい》はうっすらと笑《え》みを浮《う》かべながら、一歩《いっぽ》ずつ景《あきら》の方《ほう》へ近《ちか》づいた。

「あら、わかってたのね…。私《わたし》が来《く》るの…」

「ええ…繁次《しげつぐ》が死《し》んだ時《とき》にあなたが呟《つぶや》いた『雷《かみなり》』という言葉《ことば》で…。確《たし》かに繁次《しげつぐ》の体《からだ》は燃《も》えていたけど、死因《しいん》は感電死《かんでんし》…。あれは『火《ひ》』ではなく、動《うご》く事雷霆《ことらいてい》の如《ごと》しの『雷《かみなり》』だと…。事件《じけん》はまだ終《お》わっていないんだとね…」

「そうよ…」

由衣《ゆい》の目《め》が鋭《するど》く光《ひか》る。

「孫子《そんし》が説《と》いた風林火山《ふうりんかざん》の軍略《ぐんりゃく》には続《つづ》きがあるのよ…。今《いま》の『雷《かみなり》』ともう1つ…。知《し》り難《がた》き事陰《ことかげ》の如《ごと》くの『陰《かげ》』が…。『雷《かみなり》』の意味《いみ》は、出現《しゅつげん》する時《とき》は雷《かみなり》のように突然《とつぜん》に…。『陰《かげ》』は、隠《かく》れる時《とき》は陰《かげ》のようにひっそりと…。そう…一日中陽《いちにちじゅうひ》の当《あ》たらない崖《がけ》の下《した》で、誰《だれ》にも知《し》られずひっそりと息《いき》をひきとった甲斐《かい》さんの事《こと》…。その2つを除《のぞ》いて信玄《しんげん》が旗《はた》に掲《かか》げたから、日本《にっぽん》では『風林火山《ふうりんかざん》』としか伝《つた》わっていないってわけ…」

「し、しかしどうして?」

景《あきら》は驚《おどろ》きと混乱《こんらん》の表情《ひょうじょう》で、由衣《ゆい》を問《と》い詰《つ》めた。

「どうして信玄《しんげん》なんだ!? 何《なん》で百足衆《むかでしゅう》を暗示《あんじ》させる百足《むかで》まで死体《したい》のそばに置《お》いたんだよ!?」

「6年前《ねんまえ》の流鏑馬《やぶさめ》の練習中《れんしゅうちゅう》、甲斐《かい》さんの馬《うま》を花火《はなび》で驚《おどろ》かせ、崖下《がけした》に落《お》とした4人《にん》を焙《あぶ》り出《だ》すためよ…。崖下《がけした》で見《み》つけた甲斐《かい》さんの遺体《いたい》は転落《てんらく》した時《とき》の傷《きず》で血《ち》に染《そ》まり、酸化《さんか》して黒《くろ》くなっていた…。という事《こと》は、突《つ》き落《お》とした直後《ちょくご》の4人《にん》の目《め》には赤《あか》く見《み》えたはず…。まるで武田《たけだ》の赤備《あかぞな》えに身《み》を包《つつ》んだ騎馬隊《きばたい》のように…。だから信玄《しんげん》になぞらえたのよ…」

淡々《たんたん》と語《かた》りながら、由衣《ゆい》は稽古場《けいこば》に飾《かざ》られた鎧《よろい》の方《ほう》へと歩《ほ》を進《すす》めた。

「甲斐《かい》さんを落《お》とした時《とき》の事《こと》を思《おも》い出《だ》させ、次《つぎ》は自分《じぶん》の番《ばん》かもしれないと恐怖《きょうふ》させるためにね…。思惑通《おもわくどお》り康司《こうじ》さんはすぐに反応《はんのう》したけど、綾華《あやか》さんや繁次《しげつぐ》さんは信玄《しんげん》にさほど関心《かんしん》がなく…風林火山《ふうりんかざん》や百足《むかで》の死骸《しがい》だけじゃ無反応《むはんのう》だった…。そこで諏訪法性《すわほっしょう》の兜《かぶと》をつけた鎧《よろい》武者《むしゃ》の騒《さわ》ぎを起《お》こし、ようやく綾華《あやか》さんが4人《にん》の中《なか》の1人《り》だと確信《かくしん》できたってわけ…。まあ、例《れい》の手帳《てちょう》を見《み》れば事件《じけん》に関《かか》わったのは多分《たぶん》あの4人《にん》だったと目星《めぼし》はつくけどね…」

「…そしてその4人《にん》を始末《しまつ》し、最後《さいご》にその元凶《げんきょう》である僕《ぼく》を殺《ころ》しに来《き》たという事《こと》か⁉　甲斐《かい》先輩《せんぱい》の仇《かたき》を取《と》るために‼」

青《あお》ざめた顔《かお》で、景《あきら》が叫《さけ》ぶ。

由衣《ゆい》は鎧《よろい》の前《まえ》にしゃがみこむと、飾《かざ》られていた二振《ふたふ》りの日本刀《にほんとう》のうちの一振《ひとふ》りを手《て》にとりながら言《い》った。

「殺《ころ》す？　バカね…。私《わたし》はあなたを守《まも》りに来《き》たのよ…。この連続殺人《れんぞくさつじん》を起《お》こしたあの人《ひと》からね‼」

カッ‼

開《ひら》いた扉《とびら》の向《む》こう側《がわ》で雷《かみなり》が光《ひか》る。

廊下《ろうか》に立《た》っていたのは達栄《たつえ》だった。

自分《じぶん》が犯人《はんにん》だと由衣《ゆい》に見抜《みぬ》かれても、達栄《たつえ》は動揺《どうよう》を見《み》せない。それどころか、口《くち》もとをゆがめ、余裕《よゆう》たっぷりに笑《わら》っていた。

「さすがは元女刑事《もとおんなけいじ》…。どこでわかったのかしら？　私《わたし》が犯人《はんにん》だと…」

由衣《ゆい》は達栄《たつえ》を見《み》すえ、毅然《きぜん》と答《こた》えた。

「綾華《あやか》さんの手《て》についていたブルーのアイシャドー…。あれは『青《あお》』を意味《いみ》するダイイングメッセージ…。青《あお》は青鹿毛《アオカゲ》…黒《くろ》い馬《うま》の事《こと》…。つまり、あの時黒《ときくろ》い馬《うま》に乗《の》っていたあなたの事《こと》よね？　達栄《たつえ》さん!?」

「フン…。6年前《ねんまえ》の事件《じけん》に関《かか》わった残《のこ》りの1人《り》を教《おし》えれば助《たす》けるという、空事《そらごと》に感動《かんどう》して泣《な》いてるんだと思《おも》ったけど…。あの小娘《こむすめ》、そんな小賢《こざか》しい真似《まね》を…」

「それで繁次《しげつぐ》さんの名前《なまえ》を聞《き》き出《だ》し、手《て》にかけたのね…」

由衣《ゆい》の言葉《ことば》に、達栄《たつえ》は冷《つめ》たく答《こた》えた。

「ええ…。繁次《しげつぐ》さんは夫《おっと》の前妻《ぜんさい》の子《こ》…。血《ち》はつながってなかったしね…」

「でもなぜだ!?　やっぱり甲斐先輩《かいせんぱい》の敵《かたき》を取《と》るためか!?」

怒《いか》りをおさえきれずに叫《さけ》ぶ景《あきら》に、由衣《ゆい》は静《しず》かに首《くび》を振《ふ》った。

「いや、その逆《ぎゃく》…本当《ほんとう》はこの人《ひと》が甲斐《かい》さんを殺《ころ》したからよ…」

「え？」

「言《い》ったでしょ？　『音《おと》が…光《ひかり》が…逃《に》げろ』と主人《しゅじん》がうなされてた話《はなし》…。あれは6年前《ねんまえ》のあの現場《げんば》にもう1人《り》いたって事《こと》…」

由衣《ゆい》は達栄《たつえ》をにらみつけると、「達栄《たつえ》さん、あなたがね！」と鋭《するど》く言《い》った。

「ええ…私《わたし》も彼《かれ》に怪我《けが》をして欲《ほ》しくて、彼《かれ》の馬《うま》の足元《あしもと》にこの猟銃《りょうじゅう》を1発《ぱつ》…」

楽《たの》しげに言《い》いながら、達栄《たつえ》は隠《かく》し持《も》っていた猟銃《りょうじゅう》をとりだし、由衣《ゆい》に見《み》せつけるように銃身《じゅうしん》をなでた。

「そうしたら、崖《がけ》から真《ま》っ逆《さか》さま…。笑《わら》っちゃったわ…落《お》ちた甲斐《かい》さんを崖上《がけうえ》から見《み》ていたら、後《あと》から誰《だれ》か来《き》て騒《さわ》ぎ出《だ》すんだもの…。まるで自分達《じぶんたち》が殺《ころ》してしまったかのようにね…。そう思《おも》い続《つづ》けて黙《だま》っていればいいものを…。あの時《とき》、銃声《じゅうせい》や銃火《じゅうか》を見《み》た事《こと》を警察《けいさつ》に告白《こくはく》しに行《い》くなんて言《い》い出《だ》すから…天罰《てんばつ》が下《くだ》り、竜巻《たつまき》なんかに遭《あ》ったんだわ、義郎《よしろう》さんは…」

「そして重傷《じゅうしょう》の主人《しゅじん》を見殺《みごろ》しにし、用意《ようい》していた百足《むかで》の死体《したい》を置《お》いたのね…」

言《い》いながら、由衣《ゆい》は達栄《たつえ》に対抗《たいこう》するように、手《て》にしていた日本刀《にほんとう》の鍔《つば》に手《て》をかけた。

「ええ…。百足《むかで》はいつも懐《ふところ》に…。いずれ信玄《しんげん》の呪《のろ》いに見《み》せて、殺《ころ》す算段《さんだん》だったから…。

『風林火山陰雷《ふうりんかざんいんらい》』になぞらえようと思《おも》いついたのは、その時《とき》だけどね…」

「じゃあやっぱり景《あきら》さんは、最初《さいしょ》から殺人計画《さつじんけいかく》の数《かず》に入《はい》っていたというわけね…」

由衣《ゆい》の言葉《ことば》に、景《あきら》は「な!?」と目《め》を見開《みひら》いた。

「そうよ…甲斐《かい》さんが『陰《かげ》』、義郎《よしろう》さんが『風《かぜ》』、康司《こうじ》さんが『山《やま》』、綾華《あやか》さんが『林《はやし》』、繁《しげ》

「次《つぐ》さんが『雷《かみなり》』…そして景《あきら》さんが『火《ひ》』…」

由衣《ゆい》から景《あきら》へと視線《しせん》を移《うつ》しながら言《い》う達栄《たつえ》の背後《はいご》で、ガラッとドアが開《あ》いた。

するとそこには、松明《たいまつ》を手《て》にしたたくさんの男《おとこ》たちが立《た》っている。

林《はやし》の中《なか》の練習場《れんしゅうじょう》の的《まと》をズラし、景《あきら》の流鏑馬《やぶさめ》の邪魔《じゃま》をしていた、隣町《となりまち》の連中《れんちゅう》だ。

「そう…我《われ》らが主催《しゅさい》する賭《かけ》の邪魔《じゃま》になるあなたは、灰《はい》になるのよ…。この炎《ほのお》に焼《や》かれてねえ…」

「賭《かけ》だと!?」

驚《おどろ》く景《あきら》に、由衣《ゆい》が説明《せつめい》した。

「祭《まつ》りの流鏑馬《やぶさめ》で賭《かけ》をしていたのよ…。10射中《しゃちゅう》、何射外《なんしゃはず》すかをね! でも甲斐《かい》さんは1射《しゃ》たりとも外《はず》さなかった…。あなたが的《まと》をズラすまでは…」

「外《はず》れないと賭《かけ》にならないからねぇ…。同《おな》じ手《て》は何度《なんど》も使《つか》えないから怪我《けが》をしてもらおうと思《おも》ったってわけ…。5年連続全射的中《ねんれんぞくぜんしゃてきちゅう》のあなたもそうよ、景《あきら》さん…。だから死《し》んでもらうのよ…あなたが慕《した》っていた甲斐先輩《かいせんぱい》の仇《かたき》を討《う》ち、その罪《つみ》を償《つぐな》うために自《みずか》ら命《いのち》を断《た》ったという筋書《すじが》きでね…」

ほくそ笑《え》んで言《い》うと、達栄《たつえ》は由衣《ゆい》の方《ほう》へと視線《しせん》を移《うつ》しながら続《つづ》けた。

「もっとも、この状況《じょうきょう》では、恩師《おんし》である甲斐巡査《かいじゅんさ》の死《し》の謎《なぞ》を解《と》くために、好《す》いてもいない義郎《よしろう》と結婚《けっこん》までして乗《の》り込《こ》んで来《き》た馬鹿《ばか》な女《おんな》に…逆恨《さかうら》みで殺《ころ》されたという筋書《すじが》きに変《か》えた方《ほう》がよさそうだけどねぇ…」

達栄《たつえ》の背後《はいご》には、たくさんの男《おとこ》たちが控《ひか》えている。

多勢《たぜい》に無勢《ぶぜい》のこの状況《じょうきょう》に、由衣《ゆい》は緊張《きんちょう》しながらも、平静《へいせい》を保《たも》ったまま達栄《たつえ》に聞《き》いた。

「じゃあその馬鹿《ばか》な女《おんな》に教《おし》えてくれる？　木《き》に吊《つ》られた綾華《あやか》さんの足下《あしもと》に、なぜ何《なに》も跡《あと》がなかったのか…」

「フン…死《し》に逝《い》く者《もの》に語《かた》る言葉《ことば》なぞ…」

達栄《たつえ》が由衣《ゆい》を鼻《はな》で笑《わら》ったその時《とき》、達栄《たつえ》の背後《はいご》で、「馬《うま》や！」と凛《りん》とした声《こえ》が響《ひび》いた。

「あん時《とき》、綾華《あやか》さんを馬《うま》に乗《の》せとったから、前《まえ》もって枝《えだ》に付《つ》けた縄《なわ》に木《き》ィの裏《うら》から首《くび》ひっかける事《こと》ができたんやろ？　あの後《あと》、あんた馬《うま》で木《き》ィの裏《うら》に駆《か》け寄《よ》って、いつ付《つ》いた蹄《ひづめ》の跡《あと》かわからんようにしとったしのォ…」

達栄《たつえ》がバッと顔《かお》を向《む》けると、西側《にしがわ》の扉《とびら》をふさぐようにして平次《へいじ》が立《た》っていた。

「お、お前《まえ》いつから？」

「疾《はや》き事《こと》、風《かぜ》の如《ごと》く…。あんたが来《く》る2時間《じかん》も前《まえ》に、もうここで待《ま》っとったで…。アイシャドーで犯人《はんにん》も、その狙《ねら》いもわかってたしなァ…」

平次《へいじ》が余裕《よゆう》を見《み》せつけるように笑《わら》いながら言《い》う。

すると今度《こんど》は、東側《ひがしがわ》の扉《とびら》の方《ほう》からコナンの声《こえ》がした。

「ちなみに、綾華《あやか》さんを馬《うま》に乗《の》せていたのに気《き》づかれなかったのは、黒《くろ》いコートを着《き》せてたから…」

どうやらコナンも、平次《へいじ》と同《おな》じく二時間前《にじかんまえ》からこの部屋《へや》に忍《しの》びこみ、達栄《たつえ》が来《く》るのを待《ま》っていたようだ。

「トイレにこもった綾華《あやか》さんに携帯電話《けいたいでんわ》で『誰《だれ》かに狙《ねら》われてるなら助《たす》けてあげる』とか言《い》って馬小屋《うまごや》に隠《かく》れさせ…。景《あきら》さん達《たち》が馬《うま》で出《で》た後《あと》、黒《くろ》いコートを着《き》せた彼女《かのじょ》を黒《くろ》い馬《うま》に乗《の》せ、彼女《かのじょ》を捜《さが》すフリをして縄《なわ》の付《つ》いた木《き》の所《ところ》に行《い》ったんでしょ？　黒《くろ》いコートの彼女《かのじょ》が目《め》立《だ》たないように、自分《じぶん》は白《しろ》い服《ふく》を着《き》て…」

「こ、小僧《こぞう》、お前《まえ》まで…」

子供《こども》のコナンにまで真相《しんそう》を見抜《みぬ》かれ、達栄《たつえ》は動揺《どうよう》を隠《かく》せない。

「徐《しず》かなる事《こと》、林《はやし》の如《ごと》く…。息《いき》を殺《ころ》して待《ま》ってたよ…。この事件《じけん》、まだ証拠《しょうこ》がなかったからね…」

コナンが目《め》を細《ほそ》めて言《い》うと、平次《へいじ》が「まあ、先客《せんきゃく》がおったみたいやけどな…」とつけたした。

「せ、先客《せんきゃく》？」

達栄《たつえ》がうろたえて聞《き》くと、部屋《へや》の奥《おく》に飾《かざ》られた鎧《よろい》がむくっと立《た》ちあがった。

「狙《ねら》いがわかれば…慌《あわ》てず騒《さわ》がず…腰《こし》を据《す》えて…守《まも》るのみ…。動《うご》かざる事《こと》…山《やま》の如《ごと》し!!!」

そう言《い》いながら、鎧《よろい》の面《めん》をひきあげる。そこにいたのは、大和警部《やまとけいぶ》だった。

大和警部《やまとけいぶ》は、コナンと平次《へいじ》たちより早《はや》くこの部屋《へや》にやって来《き》て、鎧《よろい》の中《なか》に隠《かく》れながら達《たつ》栄《え》が来《く》るのを待《ま》っていた。繁次《しげつぐ》が犯人《はんにん》だとみんなの前《まえ》で宣言《せんげん》したのは、達栄《たつえ》を安心《あんしん》させ、おびき寄《よ》せるためだったのだ。

「おのれ、謀《はか》ったね…」

達栄《たつえ》は自分《じぶん》がワナにかけられたことを知《し》り、悔《くや》しそうに奥歯《おくば》を噛《か》みしめた。

「ああ…祭《まつ》りまで警察《けいさつ》が張《は》り付《つ》いてりゃ、殺《ころ》す機会《きかい》は今晩《こんばん》しかねぇからな…」

大和警部《やまとけいぶ》は兜《かぶと》を外《はず》すと、笑《え》みを浮《う》かべながら続《つづ》けた。

「まあ、くすねておいた例《れい》の手帳《てちょう》を電車《でんしゃ》の架線《かせん》に吊《つ》るし、虎田繁次《とらだしげつぐ》を感電死《かんでんし》させたあんたの謀《はか》り事《ごと》に比《くら》べりゃかわいいもんだ…。どーせ『手帳《てちょう》は高《たか》い所《ところ》にあるから竿《さお》でも使《つか》って取《と》れ』とメールで打《う》って誑《たぶら》かしたんだろうがな…」

大和警部《やまとけいぶ》が鋭《するど》く言《い》い放《はな》つと、平次《へいじ》とコナンも「手帳《てちょう》にヒモ結《むす》んでその先《さき》に石付《いしつ》けたら、電車《でんしゃ》の架線《かせん》に投《な》げて引《ひ》っかけるんは簡単《かんたん》やろし…」「しかも電車《でんしゃ》が来《く》るとわかれば、焦《あせ》って取《と》ろうとするだろうね…。電車《でんしゃ》が通《とお》ってヒモが切《き》れて、手帳《てちょう》が電車《でんしゃ》の上《うえ》に乗《の》ったら、どこに行《い》くかわからなくなっちゃうから…」とつけくわえる。

その場《ば》の空気《くうき》が、一気《いっき》にはりつめた。

大和警部《やまとけいぶ》とコナン、そして平次《へいじ》にすべてを見抜《みぬ》かれ、達栄《たつえ》は追《お》い詰《つ》められた表情《ひょうじょう》で、後《うし》ろに控《ひか》えている男《おとこ》たちの方《ほう》を振《ふ》り返《かえ》った。

「まあ火《ひ》をつけたきゃつけな…。もう消防《しょうぼう》を呼《よ》んで待機《たいき》させてるからよ…」

大和警部《やまとけいぶ》が静《しず》かに言《い》うと、達栄《たつえ》は「やっちまいな!!」と男《おとこ》たちに鋭《するど》く叫《さけ》んだ。

「オオオ!」

男《おとこ》たちは松明《たいまつ》を手《て》に、いっせいに大和警部《やまとけいぶ》たちの方《ほう》へ襲《おそ》いかかろうとする。

大和警部《やまとけいぶ》は、ブン！　と兜《かぶと》を勢《いきお》いよく投《な》げた。

ゴッ！

兜《かぶと》は奥《おく》の男《おとこ》の顔面《がんめん》にあたり、男《おとこ》は後《うし》ろにのけぞって倒《たお》れてしまう。

剣道《けんどう》が得意《とくい》な平次《へいじ》は、由衣《ゆい》の持《も》っていた日本刀《にほんとう》の柄《つか》を握《にぎ》り、シャッと鞘《さや》から抜《ぬ》いた。

「ちょ…」

焦《あせ》る由衣《ゆい》をしりめに、襲《おそ》いかかってきた男《おとこ》を鍔《つば》もとでガッと殴《なぐ》りつけ、気絶《きぜつ》させる。そしてぱっと身《み》を翻《ひるがえ》し、続《つづ》けざまに別《べつ》の男《おとこ》も峰《みね》で打《う》ちつけた。

大和警部《やまとけいぶ》と平次《へいじ》たちが、次々《つぎつぎ》と男《おとこ》たちを倒《たお》していくので、達栄《たつえ》はすっかり焦《あせ》っていた。

「お、おのれ…これでも食《く》ら…」

猟銃《りょうじゅう》を構《かま》えて発砲《はっぽう》しようとするが、次《つぎ》の瞬間《しゅんかん》、飛《と》んできたサッカーボールがドッと左目《ひだりめ》に命中《めいちゅう》する。

「え⁉」

達栄《たつえ》は廊下《ろうか》の方《ほう》まで吹《ふ》き飛《と》ばされ、頭《あたま》を打《う》ってそのまま意識《いしき》を失《うしな》ってしまった。

コナンが、ボール射出《しゃしゅつ》ベルトでサッカーボールを膨《ふく》らませて、達栄《たつえ》めがけて蹴《け》りこんだのだ。

得意《とくい》げな顔《かお》になるコナンに、「またこいつ…えぇトコ取《ど》りや…」と平次《へいじ》が渋《しぶ》い顔《かお》をする。

隣町《となりまち》の男《おとこ》たちも、そのほとんどが、大和警部《やまとけいぶ》と平次《へいじ》によって気絶《きぜつ》させられていた。

これで一件落着《いっけんらくちゃく》――と平次《へいじ》とコナンがホッとしかけた時《とき》。

「コレ!!　何事《なにごと》じゃ!?」

物音《ものおと》を聞《き》きつけてやって来《き》た盛代《しげよ》は、荒《あ》れ果《は》てた部屋《へや》の中《なか》を見《み》るなり、大声《おおごえ》でコナンたちを叱《しか》りとばしたのだった。

こうして最後《さいご》の殺人《さつじん》は未然《みぜん》に防《ふせ》がれ、六年《ろくねん》にも及《およ》ぶ長《なが》い戦《いくさ》は、敵将《てきしょう》の左目《ひだりめ》に青《あお》アザを作《つく》り幕《まく》を閉《と》じた…。


そして、翌朝《よくあさ》。

虎田家《とらだけ》で平次《へいじ》から事《こと》の顛末《てんまつ》を聞《き》いた和葉《かずは》は、「ええ～!?」と声《こえ》を裏返《うらがえ》して驚《おどろ》いた。

「昨夜《ゆうべ》、犯人一味《はんにんいちみ》と一戦《いっせん》やらかしたやてェ!?　何《なん》で呼《よ》んでくれへんのん!?」

「わたし達《たち》も加勢《かせい》したのに!!」

不満《ふまん》げに言《い》う和葉《かずは》と蘭《らん》を、平次《へいじ》が「アホ!　そないな危《あぶ》ないマネ、させられるかっちゅうねん!」と一蹴《いっしゅう》する。

「まあよかったじゃねーか…。怪我《けが》なく犯人《はんにん》とっ捕《つか》まえて、スッキリ解決《かいけつ》できたんだから…」

小五郎《こごろう》の言葉《ことば》に「せやな…」と同意《どうい》しつつ、平次《へいじ》は部屋《へや》の隅《すみ》へと視線《しせん》をやった。

「あっちはまだスッキリとはいかへんみたいやけど…」

そこには大和警部《やまとけいぶ》が立《た》っていて、由衣《ゆい》と直信《なおのぶ》を相手《あいて》に、事件《じけん》について話《はな》している。

「んじゃ後《あと》で、事情聴取《じじょうちょうしゅ》に来《き》てもらうからよ！」

「ああ…」

直信《なおのぶ》が沈《しず》んだ表情《ひょうじょう》でうなずくと、大和警部《やまとけいぶ》は由衣《ゆい》に、「あんたもだ！　ちゃんと警察《けいさつ》に来《く》るんだぜ⁉」と念押《ねんお》しした。

「え、ええ…」

由衣《ゆい》がうなずくと、大和警部《やまとけいぶ》は「じゃあな…」と言《い》い残《のこ》し、杖《つえ》をつきながら去《さ》っていこうとする。

由衣《ゆい》は、大和警部《やまとけいぶ》の背中《せなか》を名残惜《なごりお》しそうに見《み》つめると、「疾《はや》き事《こと》…疾《はや》き事《こと》、風《かぜ》の如《ごと》く…」とブツブツ口《くち》の中《なか》でつぶやいた。

そして決心《けっしん》したように顔《かお》をあげ、大和警部《やまとけいぶ》を追《お》いかけて声《こえ》をかける。

「あ、わ、私《わたし》…」

「あん？」

「敢《かん》ちゃん死《し》んじゃったと思《おも》ってたから…だから、私《わたし》が何《なん》とかしなきゃいけないと思《おも》って…そ、それで私《わたし》、義郎《よしろう》さんと…」

由衣《ゆい》が結婚《けっこん》する前《まえ》、大和警部《やまとけいぶ》と由衣《ゆい》の仲《なか》は、近《ちか》くで見《み》ていた刑事《けいじ》いわく「いい感《かん》じ」だった。

しかしその後《ご》、大和警部《やまとけいぶ》が失踪《しっそう》し、由衣《ゆい》は甲斐巡査《かいじゅんさ》の死《し》の謎《なぞ》を解《と》くために義郎《よしろう》と結婚《けっこん》した。それは由衣《ゆい》にとって、心《こころ》から望《のぞ》んだ結婚《けっこん》ではなかったはずだ。

その義郎《よしろう》が亡《な》くなった今《いま》、由衣《ゆい》は大和警部《やまとけいぶ》に何《なに》を伝《つた》えたかったのか——。

結局《けっきょく》、由衣《ゆい》は言葉《ことば》を飲《の》みこみ「ゴメン…」とうつむいた。

「こんな事《こと》言《い》ったら、主人《しゅじん》に悪《わる》いわね…。彼《かれ》が私《わたし》の事《こと》を愛《あい》してくれていた事《こと》は、確《たし》かだから…」

表情《ひょうじょう》を曇《くも》らせる由衣《ゆい》に、大和警部《やまとけいぶ》は「バーカ！」と軽《かる》い調子《ちょうし》で言《い》った。

「今《いま》、言《い》ったろ？　警察《けいさつ》に来《こ》いって…」

「え？」

「しがらみが抜《ぬ》けて、気《き》が落《お》ち着《つ》いたら戻《もど》って来《こ》い！　刑事長《デカチョウ》も待《ま》ってるぜ…。お前《まえ》のいれたまずいコーヒーをな…」

いたずらっぽく言《い》って、大和警部《やまとけいぶ》がニヤリと笑《わら》う。

由衣《ゆい》はその言葉《ことば》をかみしめるように、「うん…」とうなずいて、少《すこ》しだけ微笑《ほほえ》んだ。


蘭《らん》と和葉《かずは》は、由衣《ゆい》と大和警部《やまとけいぶ》のやりとりを遠《とお》くから見守《みまも》りながら、ときめいていた。

「あれ？　何《なん》かあの2人《り》…」

「ええ感《かん》じやん！」

二人《ふたり》はそばにいたコナンに、「なあ、コナン君《くん》！　あの2人《り》、何《なん》てゆうてはったん？」「そばにいたでしょ？」と声《こえ》をひそめて聞《き》いた。

「うん…あのお姉《ねえ》さんなら、ブツブツ言《い》ってたよ…。疾《はや》き事《こと》、風《かぜ》の如《ごと》くとか…」

それを聞《き》いた蘭《らん》と和葉《かずは》は、(こ、恋《こい》の軍略《ぐんりゃく》…風林火山《ふうりんかざん》!!!)と衝撃《しょうげき》を受《う》けた。

風林火山《ふうりんかざん》の軍略《ぐんりゃく》は、想《おも》い人《びと》と良《よ》い雰囲気《ふんいき》になるためにも、やはり有効《ゆうこう》なのだ。そう確信《かくしん》した和葉《かずは》は、そばにいた平次《へいじ》をキッとにらみつけた。

「へ？　何《なん》や和葉《かずは》？」

きょとんとする平次《へいじ》の腕《うで》を「ええから来《き》て！」とひっぱり、物陰《ものかげ》へと連《つ》れていく。

「いったい、どないしてん？」

「今日《きょう》っちゅう今日《きょう》は、アンタにゆうといたる！」

「あ、スマン…ちょっとトイレに…」

「アカン！　逃《に》がさへんで平次《へいじ》!!」

一方《いっぽう》、蘭《らん》も、バッと携帯電話《けいたいでんわ》をとりだし、新一《しんいち》に電話《でんわ》をかけた。

コナンは庭《にわ》の木《き》に隠《かく》れ、蝶《ちょう》ネクタイ型変声機《がたへんせいき》で新一《しんいち》の声《こえ》を出《だ》しながら、あわてて電話《でんわ》に出《で》た。

「もしもし、新一《しんいち》？」

『あ、蘭《らん》か？　何《なん》だよ急《きゅう》に…。は、話《はなし》なら後《あと》でもいいか？　今《いま》、ちょっと手《て》が離《はな》せな…』

「ダメ！　今《いま》じゃなきゃダメなの!!」

疾《はや》き事《こと》、風《かぜ》の如《ごと》く…。

侵掠《しんりゃく》する事《こと》、火《ひ》の如《ごと》く…。

風林火山《ふうりんかざん》の教《おし》えに従《したが》い、行動《こうどう》を起《お》こそうとした蘭《らん》と和葉《かずは》だったが——。

二人《ふたり》とも、想《おも》いを告《つ》げる勇気《ゆうき》が出《で》ず、結局黙《けっきょくだま》りこんでしまった。

まさに、徐《しず》かなる事林《ことはやし》の如《ごと》く、の言葉《ことば》のとおりに。

カァ、カァ…。

庭《にわ》を通《とお》りかかったカラスが乾《かわ》いた鳴《な》き声《ごえ》をあげる。

やがて沈黙《ちんもく》に耐《た》えきれなくなった蘭《らん》は、「そ、そだね…また今度《こんど》でもいいかも……」と自分《じぶん》から電話《でんわ》を切《き》った。

和葉《かずは》も、「ま、今日《きょう》は…こんくらいで勘弁《かんべん》しといたるわ！」とわけのわからないことを言《い》いながら、平次《へいじ》に背中《せなか》を向《む》ける。

コナンは電話口《でんわぐち》で「え？」と戸惑《とまど》い、平次《へいじ》も「コラ、ちょー待《ま》て！」と和葉《かずは》を呼《よ》び止《と》めようとした。

蘭《らん》と和葉《かずは》は顔《かお》を赤《あか》くして庭《にわ》の隅《すみ》に集《あつ》まり、「はぁ…」と、切《せつ》なそうにため息《いき》をついた。

その様子《ようす》を見《み》ながら、コナンと平次《へいじ》は「何《なん》やアイツら…」「さあ…」と首《くび》をかしげ合《あ》った。

「腹減《はらへ》ってイライラしてるんとちゃうか？」

「ハハ…」

鈍感《どんかん》な平次《へいじ》とコナンは、蘭《らん》と和葉《かずは》の気持《きも》ちを察《さっ》することができないようだ。

彼《かれ》らの恋愛《れんあい》も、まさに、動《うご》かざる事山《ことやま》の如《ごと》し…なのだった。

死《し》亡《ぼう》の館《やかた》、赤《あか》い壁《かべ》

DETECTIVE CONAN

NAGANO POLICE SELECTION

森《もり》の中《なか》のデコボコ道《みち》を、一台《いちだい》の車《くるま》が走《はし》っていく。

狭《せま》く曲《ま》がりくねった道《みち》が続《つづ》き、車体《しゃたい》はガタンゴトンと大《おお》きく揺《ゆ》れている。

後部座席《こうぶざせき》に座《すわ》った小五郎《こごろう》は、たまらず「おいおい」とボヤいた。

「もっとまともな道《みち》はねーのかよ？　せっかくこの名探偵毛利小五郎《めいたんていもうりこごろう》が…聞《き》いたその足《あし》で、長野《ながの》で起《お》こったその殺人事件《さつじんじけん》の捜査《そうさ》に、協力《きょうりょく》しに来《き》てやったっていうのによ…」

短《みじか》くため息《いき》をつくと、小五郎《こごろう》は、（お陰《かげ》で、ぼた餅食《もちた》べそびれちまったじゃねーか…）とぼそりと心《こころ》の中《なか》でつけくわえた。車《くるま》に乗《の》る前《まえ》に、ぼた餅《もち》を食《た》べる機会《きかい》があったのだが、それよりも事件《じけん》の捜査《そうさ》を優先《ゆうせん》させて、現場《げんば》へと駆《か》けつけているところなのだ。

「ごめんなさいね…この道《みち》が近道《ちかみち》で…」

申《もう》し訳《わけ》なさそうに言《い》いながらハンドルを握《にぎ》るのは、由衣《ゆい》だ。一度刑事《いちどけいじ》を辞《や》めた由衣《ゆい》だが、名字《みょうじ》を虎田《とらだ》から旧姓《きゅうせい》の上原《うえはら》に戻《もど》し、復帰《ふっき》していた。

助手席《じょしゅせき》には、大和警部《やまとけいぶ》の姿《すがた》もある。

長野県警《ながのけんけい》の大和警部《やまとけいぶ》と上原由衣刑事《うえはらゆいけいじ》は、小五郎《こごろう》たちに血塗《ちぬ》られた『赤い壁《あかかべ》』の謎《なぞ》を解《と》いてもらいたいと、わざわざ東京《とうきょう》まで迎《むか》えにきたのだ。

「それで？　そろそろ教《おし》えてくれない？　その血塗《ちぬ》られた赤《あか》い壁《かべ》の謎《なぞ》って何《なん》なの？」

小五郎《こごろう》の隣《となり》に座《すわ》ったコナンが聞《き》くと、さらにその隣《となり》に座《すわ》っていた蘭《らん》は「まさか、人《ひと》の血《ち》で真《ま》っ赤《か》に染《そ》まった壁《かべ》が、森《もり》のどこかにあるとか？」と身《み》を震《ふる》わせた。

「違《ちが》うわよ！　血塗《ちぬ》られたって敢《かん》ちゃんが言《い》ってるだけで、実際《じっさい》は…」

上原刑事《うえはらけいじ》が即座《そくざ》に否定《ひてい》しようとすると、助手席《じょしゅせき》の大和警部《やまとけいぶ》が途中《とちゅう》でさえぎった。

「おっと、そこまでだ…。先入観《せんにゅうかん》は推理《すいり》を乱《みだ》す…。直《じか》に現場《げんば》を見《み》てもらうために、わざわざ東京《とうきょう》まで迎《むか》えに行《い》ったんだからな！」

「ホー……」

大和警部《やまとけいぶ》が自分《じぶん》にかける期待《きたい》の大《おお》きさに、小五郎《こごろう》はげんなりした顔《かお》だ。

「それと、俺《おれ》はお前《まえ》の上司《じょうし》だ…。敢《かん》ちゃんは止《や》めろ…」

渋《しぶ》い顔《かお》で大和警部《やまとけいぶ》に言《い》われ、上原刑事《うえはらけいじ》は「はいはい、大和敢助警部《やまとかんすけけいぶ》！」と軽《かる》い調子《ちょうし》で応《おう》じた。

「でも、一応《いちおう》どこに向《む》かってるかぐらい教《おし》えてくれても…」

小五郎《こごろう》が控《ひか》えめに頼《たの》むと、上原刑事《うえはらけいじ》はきゅっと表情《ひょうじょう》を引《ひ》き締《し》めた。

「この森《もり》の中《なか》に建《た》てられた古《ふる》い家《いえ》で…名前《なまえ》は『希望《きぼう》の館《やかた》』…」

「希望《きぼう》の館《やかた》なんて素敵《すてき》な名前《なまえ》ですね！」

蘭《らん》がポジティブに反応《はんのう》するが、大和警部《やまとけいぶ》は低《ひく》い声《こえ》で続《つづ》けた。

「フン…その名前《なまえ》で呼《よ》ばれてたのは、3年前《ねんまえ》までだ…。そう…3年前《ねんまえ》に女《おんな》が1人《り》、館《やかた》の倉《そう》庫《こ》で哀《あわ》れな遺体《いたい》で見《み》つかってからは…この土地《とち》の奴《やつ》らにこう呼《よ》ばれてるらしいぜ…。希望《きぼう》ならぬ…死亡《しぼう》の館《やかた》だとな…」

しばらく森《もり》の中《なか》の道《みち》を進《すす》むと、車《くるま》はようやく目的地《もくてきち》に到着《とうちゃく》した。

車窓《しゃそう》ごしに現《あらわ》れたのは、深《ふか》い木《き》々《ぎ》に囲《かこ》まれた二階建《にかいだ》ての大《おお》きな洋館《ようかん》――『死亡《しぼう》の館《やかた》』だ。

時代《じだい》を感《かん》じさせる古《ふる》びた外観《がいかん》には、どこか陰鬱《いんうつ》な雰囲気《ふんいき》が漂《ただよ》っている。同《おな》じ敷地内《しきちない》には、倉庫《そうこ》のような建物《たてもの》があった。

館《やかた》の周囲《しゅうい》には警察官《けいさつかん》が数人配置《すうにんはいち》されており、部外者《ぶがいしゃ》が容易《ようい》に立《た》ち入《い》れないよう厳重《げんじゅう》な警《けい》備《び》が敷《し》かれていた。

「ホー…。かなり古《ふる》くなってるが、立派《りっぱ》な家《いえ》じゃねーか…」

小五郎《こごろう》は館《やかた》を見《み》あげ、感心《かんしん》したようにつぶやく。

「元々《もともと》は大金持《おおがねも》ちの別荘《べっそう》だったらしいからな…」と、大和警部《やまとけいぶ》。

コナンも車《くるま》からおりると、近《ちか》くにいた上原刑事《うえはらけいじ》に、声《こえ》をひそめて聞《き》いた。

「ねぇ…。大和警部《やまとけいぶ》が小五郎《こごろう》おじさんに助《たす》けを求《もと》めるなんて、柄《がら》じゃなくない？」

「ああ、それは…ぜーったい負《ま》けたくない人《ひと》がこの事件《じけん》の捜査《そうさ》に加《くわ》わってるからよ！」

上原刑事《うえはらけいじ》が、楽《たの》しそうにウインクして言《い》う。

「――って事《こと》は、その人《ひと》も警察《けいさつ》の人《ひと》？」

「ええ！　でも私達《わたしたち》、長野県警本部《ながのけんけいほんぶ》の刑事《けいじ》と違《ちが》って、その人《ひと》は、このあたりを管轄《かんかつ》にしてる新野署《あらのしょ》の刑事《けいじ》だけどね！」

「でも、所轄《しょかつ》の刑事《けいじ》さんなら、本部《ほんぶ》の刑事《けいじ》さんが張《は》り合《あ》う事《こと》もないいんじゃない？」

コナンが指摘《してき》すると、上原刑事《うえはらけいじ》はますます楽《たの》しそうな顔《かお》になった。

「実《じつ》はその人《ひと》、敢《かん》ちゃんと小学校《しょうがっこう》からの同級生《どうきゅうせい》で、何《なに》かにつけて敢《かん》ちゃんと競《きそ》ってたらしいのよ！　東都大学法学部《とうとだいがくほうがくぶ》をトップで卒業《そつぎょう》したにもかかわらず、キャリア試験《しけん》を受《う》けずにノンキャリアとして県警本部《けんけいほんぶ》に入《はい》ったんだけど、ある事件《じけん》が元《もと》で新野署《あらのしょ》に異動《いどう》になった変《か》わり者《もの》で…」

「じゃあ、元《もと》は同《おな》じ長野県警本部《ながのけんけいほんぶ》の同僚《どうりょう》だったの？」

「そう！　これがまた敢《かん》ちゃんみたいな軍師《ぐんし》っぽい名前《なまえ》でね…」

「おい、上原《うえはら》！　中《なか》に入《はい》るぞ！」

大和警部《やまとけいぶ》が急《せ》かすように声《こえ》をはりあげると、上原刑事《うえはらけいじ》は「あ、はい！」と返事《へんじ》をして、会話《かいわ》をきりあげた。

（そーいやあ大和敢助《やまとかんすけ》って名前《なまえ》、武田《たけだ》の軍師《ぐんし》・山本勘助《やまもとかんすけ》にそっくりだな…）

コナンが考《かんが》えていると、上原刑事《うえはらけいじ》は再《ふた》びコナンの方《ほう》を振《ふ》り返《かえ》り、口《くち》もとに手《て》をかざしながらささやいた。

「とにかく、敢《かん》ちゃんその人《ひと》が相手《あいて》だと、カーッとなってほとんど勝《か》った事《こと》ないらしいから、力《ちから》を貸《か》してあげてね！」

「へ？」

「敢《かん》ちゃんが頼《たよ》りにしてるのは、毛利探偵《もうりたんてい》じゃなく君《きみ》の方《ほう》みたいだからさ！」

それを聞《き》いたコナンは、無言《むごん》で大和警部《やまとけいぶ》の方《ほう》を見《み》つめた。

大和警部《やまとけいぶ》は小五郎《こごろう》を連《つ》れて、館《やかた》の中《なか》へと入《はい》っていく。

「ホー…中《なか》もなかなか…」

館《やかた》に足《あし》を踏《ふ》み入《い》れた小五郎《こごろう》は、周囲《しゅうい》を見渡《みわた》しながら感嘆《かんたん》の声《こえ》を漏《も》らした。

吹《ふ》き抜《ぬ》けになった玄関《げんかん》ホールは広々《ひろびろ》としていて、天井《てんじょう》には大《おお》きなシャンデリアが輝《かがや》いている。

「何《なん》でここが、希望《きぼう》の館《やかた》って呼《よ》ばれていたか知《し》ってるか？」

二階《にかい》へと続《つづ》く階段《かいだん》をあがりながら、大和警部《やまとけいぶ》はこの館《やかた》の歴史《れきし》について語《かた》り始《はじ》めた。

「この館《やかた》を建《た》てた大金持《おおがねも》ちが、古《ふる》くなって使《つか》わなくなったここを…自分《じぶん》が見込《みこ》んだ、才能《さいのう》はあるが金《かね》のない若者達《わかものたち》に、タダ同然《どうぜん》の家賃《やちん》で住《す》まわせていたからだ！　そいつらの夢《ゆめ》が叶《かな》うまでな！　今《いま》はなくなっちまったが、この館《やかた》のそばにはバス停《てい》もあって…交通《こうつう》の便《べん》もそこそこ良《よ》かったらしいしな…」

「まあ、たまにここを訪《おとず》れていた、人《ひと》のいいその大金持《おおがねも》ちさんも…この館《やかた》をその人達《ひとたち》に受《う》け渡《わた》す手続《てつづ》きを済《す》ませた矢先《やさき》に病死《びょうし》されて…その人達《ひとたち》も２～３年後《ねんご》にほとんど独《ひと》り立《だ》ちして館《やかた》を出《で》て行《い》き…５～６年前《ねんまえ》からは、ここで結《むす》ばれて結婚《けっこん》した夫婦《ふうふ》だけしか住《す》んでなかったらしいけどね…」

上原刑事《うえはらけいじ》が補足《ほそく》して説明《せつめい》すると、蘭《らん》は「へー…」とつぶやいた。

「おい、上原《うえはら》！　ここに住《す》んでた連中《れんちゅう》の写真《しゃしん》、見《み》せてやれ！」

大和警部《やまとけいぶ》が階段《かいだん》をあがりきると、吹《ふ》き抜《ぬ》けになった二階《にかい》の廊下《ろうか》から、上原刑事《うえはらけいじ》に向《む》かって声《こえ》をはりあげた。

上原刑事《うえはらけいじ》は「はい！」と返事《へんじ》をして、手《て》にしていた封筒《ふうとう》から写真《しゃしん》の束《たば》をとりだし、「これがその6人《にん》！」と小五郎《こごろう》にさしだした。

「1番上《ばんうえ》の写真《しゃしん》がイラストレーターの…明石周作《あかししゅうさく》さん…。次《つぎ》が俳優《はいゆう》の…翠川尚樹《みどりかわなおき》さん…。次《つぎ》が小説家《しょうせつか》の…小橋葵《こばしあおい》さん…。次《つぎ》がファッションデザイナーの山吹紹二《やまぶきしょうじ》さん…。次《つぎ》がCG《シージー》クリエーターの百瀬卓人《ももせたくと》さん…。最後《さいご》がミュージシャンの…直木司郎《なおきしろう》さん…」

「うーん…みんなどっかで聞《き》いたような、聞《き》かないような名前《なまえ》だな…」

小五郎《こごろう》が首《くび》をひねっていると、蘭《らん》が館内《かんない》を見《み》まわしながら聞《き》いた。

「あのー…さっきから気《き》になっているんですけど…。何《なん》なんですか？　部屋《へや》の扉《とびら》に、貼《は》った色紙《いろがみ》をはがしたような跡《あと》がありますけど…」

小五郎《こごろう》も、「そーいやぁ、こっちの部屋《へや》の扉《とびら》にもそんな跡《あと》が…」と、目《め》の前《まえ》の部屋《へや》の扉《とびら》を見《み》つめる。

「ああ、それは多分《たぶん》…」

上原刑事《うえはらけいじ》が答《こた》えかけたところで、コナンが「色《いろ》で分《わ》けてたんじゃない？」と口《くち》をはさんだ。

「きっと色紙《いろがみ》を貼《は》って、自分《じぶん》の部屋《へや》の目印《めじるし》にしてたんだと思《おも》うよ！　6人《にん》とも名前《なまえ》に色《いろ》が入《はい》ってるからさ！」

「バーカ！　写真《しゃしん》に名前《なまえ》が貼《は》ってあるが、色《いろ》の字《じ》が入《はい》ってる奴《やつ》なんて…」

小五郎《こごろう》が即座《そくざ》に否定《ひてい》しようとすると、コナンはすかさず、「字《じ》じゃなく音《おと》だよ！」と指《し》摘《てき》した。

「そっか！　明石周作《あかししゅうさく》さんは赤《あか》！　翠川尚樹《みどりかわなおき》さんは緑《みどり》！　小橋葵《こばしあおい》さんは青《あお》！　山吹紹二《やまぶきしょうじ》さんは山吹色《やまぶきいろ》！　百瀬卓人《ももせたくと》さんは桃色《ももいろ》！　直木司郎《なおきしろう》さんは白《しろ》！　6人《にん》とも色《いろ》が入《はい》ってる！」

蘭《らん》が目《め》を輝《かがや》かせて言《い》うと、「その通《とお》りよ、コナン君《くん》！　さすがね！」と上原刑事《うえはらけいじ》が満面《まんめん》の笑《え》みで応《おう》じた。

「部屋《へや》だけじゃなく、その6人《にん》は自分《じぶん》らを何《なに》かと色《いろ》で区別《くべつ》してたみてーだぜ…」

大和警部《やまとけいぶ》は、二階《にかい》からそう声《こえ》をかけると、一枚《いちまい》の紙《かみ》きれを見《み》せた。

「見《み》ろ！　この家《いえ》の倉庫《そうこ》から出《で》て来《き》た、古《ふる》い食事《しょくじ》の当番表《とうばんひょう》だ！　書《か》いてあるのは6人《にん》とも、名前《なまえ》じゃなく色《いろ》になってる…。ひょっとしたら実際《じっさい》に、自分《じぶん》らの事《こと》を色《いろ》で呼《よ》んでたのかもしれねえな…」

紙《かみ》きれには【6月《がつ》の食事当番表《しょくじとうばんひょう》！】と書《か》かれ、マンスリーカレンダーのそれぞれの日付《ひづけ》に【白《しろ》】【青《あお》】【赤《あか》】【緑《みどり》】【桃《もも》】【山吹《やまぶき》】と色《いろ》の名前《なまえ》が記《しる》されている。

「ホー…」

小五郎《こごろう》は相《あい》づちを打《う》ちながら階段《かいだん》をあがる。蘭《らん》とコナンも後《あと》に続《つづ》いた。

「ん？　あの台車《だいしゃ》に山積《やまづ》みにされた段《だん》ボール箱《ばこ》は何《なん》なんだ？」

小五郎《こごろう》は、回廊《かいろう》になった二階《にかい》の廊下《ろうか》の曲《ま》がり角《かど》をふさぐように置《お》かれた台車《だいしゃ》に、目《め》をとめた。段《だん》ボール箱《ばこ》は三箱《さんはこ》ずつ、二列《にれつ》になって台車《だいしゃ》の上《うえ》に積《つ》みあげられている。

「中身《なかみ》は本《ほん》だが、びっしり詰《つ》まってて相当重《そうとうおも》い…。外開《そとびら》きの、この部屋《へや》の扉《とびら》が、この台車《だいしゃ》で塞《ふさ》がれていたんだよ…。部屋《へや》の中《なか》の人間《にんげん》が、死《し》ぬまで外《そと》に出《で》られないように…」

そう言《い》いながら、大和警部《やまとけいぶ》は台車《だいしゃ》の横《よこ》の隙間《すきま》を通《とお》り抜《ぬ》け、角《かど》を曲《ま》がったすぐのところにある部屋《へや》の扉《とびら》に手《て》をかけた。

「じゃあ、その部屋《へや》が問題《もんだい》の…」

小五郎《こごろう》の声《こえ》に緊張《きんちょう》が混《ま》じる。

「ああ…俺達《おれたち》が来《き》た時《とき》には…すっかり痩《や》せ細《ほそ》って餓死《がし》してたぜ…。このおぞましい…赤《あか》い壁《かべ》の部屋《へや》でな!!」

ギッ、ギィイイ…

大和警部《やまとけいぶ》がドアを開《あ》ける。

部屋《へや》の中《なか》をのぞきこんだ小五郎《こごろう》と蘭《らん》は、表情《ひょうじょう》を凍《こお》りつかせた。

左手《ひだりて》の白《しろ》い壁一面《かべいちめん》に、べっとりと赤《あか》いものが塗《ぬ》りたくられていたのだ。

「お、おいこれってまさか…」

小五郎《こごろう》がおそるおそる口《くち》を開《ひら》き、蘭《らん》も「ひ、人《ひと》の血《ち》？」と青《あお》ざめた顔《かお》で問《と》いかける。

コナンは部屋《へや》の中《なか》に入《はい》ると、床《ゆか》に残《のこ》された古《ふる》いスプレー缶《かん》を見《み》つめた。

ラッカーといわれる、乾《かわ》きの速《はや》い塗料《とりょう》の入《はい》ったスプレー缶《かん》だ。そばには、現場《げんば》の遺留品《いりゅうひん》であることを示《しめ》すプレートが、鑑識《かんしき》によって置《お》かれている。

「ラッカーだよ！」

コナンが断言《だんげん》すると、蘭《らん》は「え？」と、ぽかんとした。

「ホラ、床《ゆか》に落《お》ちてるこのラッカースプレーの、口《くち》んトコ…壁《かべ》と同《おな》じ赤《あか》い色《いろ》が付《つ》いてるよ！」

コナンがスプレーの口《くち》を指《ゆび》さしながら説明《せつめい》すると、蘭《らん》はホッとしたように息《いき》を吐《は》いた。

小五郎《こごろう》もやっと落《お》ち着《つ》いて、部屋《へや》の中《なか》を見《み》まわす。

部屋《へや》の中央《ちゅうおう》には、黒《くろ》く塗《ぬ》られた椅子《いす》と白《しろ》く塗《ぬ》られた椅子《いす》が、背中合《せなかあ》わせに置《お》かれている。

赤《あか》い壁《かべ》と向《む》かい合《あ》わせになっているのは、白《しろ》い椅子《いす》だ。

「しかし、何《なん》だ？　この白《しろ》と黒《くろ》の椅子《いす》は…。わざわざ色《いろ》を付《つ》けて、床《ゆか》に釘《くぎ》で固定《こてい》されてるようだが…」

小五郎《こごろう》が不思議《ふしぎ》そうにつぶやく。

「遺体《いたい》はその白《しろ》い椅子《いす》の方《ほう》に座《すわ》ってたわ…」と、上原刑事《うえはらけいじ》。

「ま、まさか犯人《はんにん》が誰《だれ》かに向《む》けてのメッセージとか？」

蘭《らん》が不安《ふあん》げにたずねると、大和警部《やまとけいぶ》が首《くび》を振《ふ》った。

「いや、それはねぇぜ…。この部屋《へや》には…盗聴器《とうちょうき》が仕掛《しか》けられたままになっていたからな…」

小五郎《こごろう》は「な、なるほど…」とつぶやきながら、あごに手《て》をあてた。

「この部屋《へや》を盗聴《とうちょう》し、音《おと》で生死《せいし》を確認《かくにん》していた犯人《はんにん》が…音《おと》が途絶《とだ》え、本当《ほんとう》に死《し》んだかどうか確《たし》かめに、この部屋《へや》に来《き》たとしたら…その盗聴器《とうちょうき》は回収《かいしゅう》しているはず…。そいつがまだここにあるって事《こと》は…」

「ああ、害者《ガイシャ》をここに閉《と》じ込《こ》めたきり、ここには来《き》てねぇって事《こと》…。つまり、赤《あか》い壁《かべ》も白《しろ》と黒《くろ》の椅子《いす》も正真正銘《しょうしんしょうめい》…害者《ガイシャ》が遺《のこ》した…ダイイングメッセージってわけだ！」

大和警部《やまとけいぶ》は、真《ま》っ赤《か》に塗《ぬ》られた壁《かべ》を見《み》まわすと、あらためて小五郎《こごろう》に問《と》いかけた。

「どうだ？　この赤《あか》い壁《かべ》の意味《いみ》…わかったか？」

「わかるも何《なに》も…メッセージは赤《あか》！　つまり、名前《なまえ》に赤《あか》が入《はい》ってる…明石《あかし》って男《おとこ》が犯人《はんにん》なんじゃ？」

小五郎《こごろう》が安直《あんちょく》な推理《すいり》を披露《ひろう》する。

「残念《ざんねん》だが、この部屋《へや》で干《ひ》からびていたのが…その明石周作《あかししゅうさく》なんだよ!!」

大和警部《やまとけいぶ》の言葉《ことば》に、小五郎《こごろう》もコナンも「えぇ!?」と顔色《かおいろ》を変《か》えた。

「ちなみに、その明石周作《あかししゅうさく》と結婚《けっこん》した小橋葵《こばしあおい》も、名字《みょうじ》が明石《あかし》になっていたが…」

大和警部《やまとけいぶ》が補足《ほそく》すると、上原刑事《うえはらけいじ》が「彼女《かのじょ》は3年前《ねんまえ》に、ここの倉庫《そうこ》で亡《な》くなってるわ…」と言葉《ことば》を継《つ》ぐ。

蘭《らん》はぎょっとしたように目《め》を見開《みひら》き、「こ、殺《ころ》されたんですか!?」と聞《き》き返《かえ》した。

「いや、元々心臓《もともとしんぞう》が悪《わる》くてね…倉庫《そうこ》で探《さが》し物《もの》をしている最中《さいちゅう》に発作《ほっさ》が起《お》きて、そのまま…。夫《おっと》の周作《しゅうさく》さんはその時《とき》、この部屋《へや》にこもって作品《さくひん》を仕上《しあ》げていて…奥《おく》さんが倒《たお》れているのに気《き》づいたのは、半日《はんにち》も経《た》った後《あと》だったらしいわ…」

「そ、そんな…」

蘭《らん》が気《き》の毒《どく》そうに眉《まゆ》をひそめた。

「…となると、この赤《あか》は名前《なまえ》じゃなくて…赤《あか》…赤《あか》の…」

ブツブツとつぶやきながら考《かんが》えこんでいた小五郎《こごろう》は、突然《とつぜん》ひらめいたように、「そうか！」と叫《さけ》んだ。

「犯人《はんにん》は赤《あか》の他人《たにん》とか？」

あまりのヘッポコ推理《すいり》に、大和警部《やまとけいぶ》は「おいおい！」と小五郎《こごろう》の顔《かお》をにらんだ。

「そんな答《こた》えを聞《き》くために、俺《おれ》はあんたを東京《とうきょう》まで迎《むか》えに行《い》ったんじゃ…」

すると、ふいに静《しず》かな声《こえ》が響《ひび》いた。

「賢《けん》に見《まみ》えんと欲《ほっ》して、その道《みち》を以《もっ》てせざるは…猶《な》ほ入《い》らん事《こと》を欲《ほっ》して之《これ》が門《もん》を閉《と》づるが如《ごと》し…」

「へ？」

小五郎《こごろう》が間《ま》の抜《ぬ》けた声《こえ》を出《だ》す。

「なるほど…天下《てんか》の名探偵《めいたんてい》を電話《でんわ》で呼《よ》びつけず、自《みずか》ら迎《むか》えに行《い》った所《ところ》までは良《よ》しとしましょう…。だが、今《いま》の毛利探偵《もうりたんてい》に対《たい》する君《きみ》の言動《げんどう》は、無礼極《ぶれいきわ》まりない…。古《ふる》い友人《ゆうじん》として恥《は》ずかしく思《おも》いますよ、敢助君《かんすけくん》…」

声《こえ》の主《ぬし》は、スーツをかっちりと着《き》こなした男《おとこ》だった。長《なが》めにのばした黒髪《くろかみ》が首筋《くびすじ》を覆《おお》い隠《かく》し、鼻《はな》の下《した》にはハの字《じ》の形《かたち》に口《くち》ヒゲをたくわえている。端正《たんせい》に整《ととの》った顔立《かおだ》ちには落《お》ち着《つ》いた品格《ひんかく》があり、まなざしは静《しず》かで強《つよ》く、思慮深《しりょぶか》さにあふれていた。

大和警部《やまとけいぶ》は顔《かお》を険《けわ》しくして、ヒゲの男《おとこ》に怒鳴《どな》った。

「何《なに》しに来《き》やがった⁉　所轄《しょかつ》は引《ひ》っ込《こ》んでろ‼」

「いやいや、ここは我《わ》が新野署《あらのしょ》の管轄《かんかつ》…引《ひ》くわけにはいきませんね…」

ヒゲの男《おとこ》は大和警部《やまとけいぶ》の剣幕《けんまく》にもひるまず、冷静《れいせい》に返《かえ》す。

横《よこ》でやりとりを聞《き》いていた小五郎《こごろう》は、困惑《こんわく》した顔《かお》で蘭《らん》にたずねた。

「な、何《なん》なんだ？　今《いま》の『賢《けん》に見《まみ》えんと何《なん》とか』って…」

「三国志《さんごくし》に出《で》て来《く》る劉備玄徳《りゅうびげんとく》が、有名《ゆうめい》な賢人《けんじん》を自分《じぶん》の軍師《ぐんし》として招《まね》くためにわざわざ自分《じぶん》で迎《むか》えに行《い》った時《とき》の言葉《ことば》で…『天下《てんか》の賢人《けんじん》に会《あ》うのに、呼《よ》びつけるなんて道《みち》に外《はず》れた方法《ほう》じゃ、あたかも自分《じぶん》で門《もん》を閉《し》めてしまうようなものだ』って意味《いみ》よ！　そう言《い》って、劉《りゅう》備《び》は3回《かい》も、その人《ひと》の家《いえ》に足《あし》を運《はこ》んだんだから…」

ヒゲの男《おとこ》は「とにかく…」と、気《き》をとりなおし、真《ま》っ赤《か》に塗《ぬ》られた壁《かべ》に目《め》を向《む》けた。

「この部屋《へや》に残《のこ》された謎《なぞ》は、この赤《あか》い壁《かべ》と白《しろ》と黒《くろ》の椅子《いす》だけじゃありません…」

静《しず》かな声《こえ》で続《つづ》けながら、入《い》り口《ぐち》のドアから見《み》て真正面《ましょうめん》の壁《かべ》に視線《しせん》を移《うつ》す。

そこには、十字《じゅうじ》の形《かたち》の鉄格子《てつごうし》がはまった、四角《しかく》い小窓《こまど》があった。下半分《したはんぶん》のガラスが割《わ》れている。

「あのはめ殺《ごろ》しの窓《まど》が、内側《うちがわ》から割《わ》られ…その空《あ》いた穴《あな》から、絵《え》の具《ぐ》やラッカーなど色《いろ》が付《つ》けられる画材《がざい》が全《すべ》て放《ほう》り出《だ》され…部屋《へや》に残《のこ》っていたのは…この赤《あか》い色《いろ》のスプレーのみだった点《てん》と…被害者《ひがいしゃ》が自分《じぶん》の指《ゆび》を喰《く》い破《やぶ》り…その血《ち》で、赤《あか》く染《そ》められた壁《かべ》の端《はし》に、自分《じぶん》のサインを書《か》いてある点《てん》…。この事《こと》を踏《ふ》まえて、もう一度《いちど》、名探偵《めいたんてい》に見解《けんかい》を伺《うかが》うのが筋《すじ》…。もちろん、私《わたし》の立《た》ち合《あ》いの下《もと》で…」

しかし小五郎《こごろう》は、ヒゲの男《おとこ》の言葉《ことば》をほとんど聞《き》いていなかった。気《き》にかかるのは、先《さき》ほど蘭《らん》が話《はな》していた、有名《ゆうめい》な賢人《けんじん》のことだ。

(劉備《りゅうび》…軍師《ぐんし》…3回《かい》?)

「おい、まさかその軍師《ぐんし》って、あの有名《ゆうめい》な…」

小五郎《こごろう》が聞《き》くと、蘭《らん》はニコニコしながら、「そう、いつもフワフワした扇子《せんす》を持《も》ってる…」とその軍師《ぐんし》について説明《せつめい》をしようとした。

一方《いっぽう》、ヒゲの男《おとこ》は、嫌味《いやみ》っぽく大和警部《やまとけいぶ》の顔《かお》をにらみながら、話《はなし》を続《つづ》けている。

「何《なに》しろ遺体発見《いたいはっけん》のきっかけは、館《やかた》の外《そと》に散乱《さんらん》した大量《たいりょう》の絵《え》の具《ぐ》を、たまたま通《とお》りがかった私《わたし》が不審《ふしん》に思《おも》ったから…。いくら県警本部《けんけいほんぶ》といえど、その私《わたし》を蔑《ないがし》ろにする事《こと》は…」

「あー、わかったわかった！」

大和警部《やまとけいぶ》がいらだちを隠《かく》さず、大《おお》きくかぶりを振《ふ》った。

「お前《まえ》の気《き》の済《す》むまでそばにいやがれ！　高明《コウメイ》!!」

コウメイ。

その言葉《ことば》の響《ひび》きに、小五郎《こごろう》と蘭《らん》は「こ…」「孔明《こうめい》!?」と、驚《おどろ》きの声《こえ》をあげた。

蘭《らん》が話《はな》していた軍師《ぐんし》とは、三国志《さんごくし》で有名《ゆうめい》な諸葛孔明《しょかつこうめい》のこと。

このヒゲの男《おとこ》は、あの諸葛孔明《しょかつこうめい》と同《おな》じ名前《なまえ》なのだろうか。

「ああ…申《もう》し遅《おく》れました…」

ヒゲの男《おとこ》は微笑《ほほえ》みを浮《う》かべながら、一歩前《いっぽまえ》に出《で》た。

「姓《せい》は諸伏《もろふし》、名《な》は高明《たかあき》…あだ名《な》は音読《おんよ》みでコウメイ…。以後《いご》…お見知《みし》り置《お》きを…」

(なるほど…所轄《ショカツ》のコウメイ刑事《けいじ》ね…)

コウメイというのは、諸伏警部《もろふしけいぶ》のあだ名《な》だったようだ。諸葛孔明《しょかつこうめい》を思《おも》わせるそのネーミングに、コナンは乾《かわ》いた笑《わら》いを浮《う》かべた。

「で、どうなんだよ？　眠《ねむ》りの小五郎《こごろう》さんよォ！」

大和警部《やまとけいぶ》は声《こえ》を荒《あら》らげ、小五郎《こごろう》を問《と》い詰《つ》めた。

「スプレーで赤《あか》く染《そ》められたこの壁《かべ》！　壁《かべ》の端《はし》に害者《ガイシャ》が血《ち》で書《か》いたサイン！　はめ殺《ごろ》しの窓《まど》が割《わ》られ、その穴《あな》から外《そと》に放《ほう》り出《だ》された絵《え》の具類《ぐるい》！　そして、白《しろ》と黒《くろ》に塗《ぬ》られ、床《ゆか》に釘《くぎ》付《づ》けされた椅子《いす》！　こんな部屋《へや》に閉《と》じ込《こ》められて餓死《がし》していた男《おとこ》が、これで何《なに》を伝《つた》えようとしていたかわかるか⁉」

「わ、わかるかって言《い》われても…」

大和警部《やまとけいぶ》の勢《いきお》いに気《け》おされ、小五郎《こごろう》が言葉《ことば》をにごす。

するとコナンが、「赤《あか》と…白《しろ》と…黒《くろ》…」とぽつりとつぶやいた。

「え？」

大和警部《やまとけいぶ》と諸伏警部《もろふしけいぶ》が、同時《どうじ》に反応《はんのう》してコナンの方《ほう》を見《み》る。

「この3色《しょく》で、何《なに》かを伝《つた》えたかったって事《こと》だよね？　他《ほか》の色《いろ》は、窓《まど》の外《そと》に放《ほう》り出《だ》されていたんだから…」

「ホゥ…この少年《しょうねん》は？」

諸伏警部《もろふしけいぶ》が興味深《きょうみぶか》げに聞《き》く。

「眠《ねむ》りの小五郎《こごろう》さんの探偵事務所《たんていじむしょ》に厄介《やっかい》になってる、江戸川《えどがわ》コナンって小僧《こぞう》だよ！」

大和警部《やまとけいぶ》がぶっきらぼうに答《こた》えると、諸伏警部《もろふしけいぶ》は「江戸川《えどがわ》コナン…」と、その名《な》を繰《く》り返《かえ》した。

「それとさあ…」

コナンはタタ…と走《はし》って廊下《ろうか》に出《で》ると、段《だん》ボール箱《ばこ》が積《つ》まれた台車《だいしゃ》を指《ゆび》さした。

「この部屋《へや》の扉《とびら》を塞《ふさ》いでたっていう、あの台車《だいしゃ》に載《の》せられた段《だん》ボール箱《ばこ》…。中身《なかみ》は本《ほん》って言《い》ってたけど、誰《だれ》の本《ほん》なの？」

「葵《あおい》さんの本《ほん》よ！」

上原刑事《うえはらけいじ》が即座《そくざ》に答《こた》える。

「ホラ、さっきも言《い》ったけど、今回《こんかい》この部屋《へや》で餓死《がし》させられていた明石周作《あかししゅうさく》さんの妻《つま》で…3年前《ねんまえ》にここの倉庫《そうこ》で倒《たお》れ、病死《びょうし》していた旧姓《きゅうせい》・小橋葵《こばしあおい》さん！　彼女《かのじょ》の部屋《へや》の本棚《ほんだな》の本《ほん》がごっそり抜《ぬ》かれて、あの段《だん》ボール箱《ばこ》に詰《つ》められてたのよ…。彼女《かのじょ》は本《ほん》を沢山《たくさん》持《も》ってたから…彼女自身《かのじょじしん》も小説家《しょうせつか》だったようだしね…」

「じゃあ、その葵《あおい》さんが死《し》んだ事《こと》を恨《うら》んでる、身内《みうち》の仕業《しわざ》かもしれないね…。葵《あおい》さんが心臓発作《しんぞうほっさ》で倉庫《そうこ》で倒《たお》れてたのに、周作《しゅうさく》さんは絵《え》を描《か》いてて、半日《はんにち》も放《ほ》ったらかしにしてたみたいだし…」

「でも、身内《みうち》っていっても葵《あおい》さんは一人娘《ひとりむすめ》で両親共《りょうしんとも》、早死《はやじ》にされてて…」

反論《はんろん》する上原刑事《うえはらけいじ》に、コナンはさりげなく指摘《してき》した。

「じゃあ、前《まえ》にその2人《り》とここに一緒《いっしょ》に住《す》んでたっていう、4人《にん》の男《おとこ》の人《ひと》が怪《あや》しいんじゃない？」

上原刑事《うえはらけいじ》が驚《おどろ》いた顔《かお》になり、蘭《らん》が横《よこ》から「え？　どして？」と口《くち》を出《だ》した。

「だって…葵《あおい》さんの部屋《へや》に本《ほん》が沢山《たくさん》ある事《こと》や、扉《とびら》が外開《そとびら》きだって事《こと》をよーく知《し》ってないと、本《ほん》をダンボール箱《ばこ》に詰《つ》めて、台車《だいしゃ》に載《の》せて扉《とびら》を塞《ふさ》ぐなんて思《おも》いつかないよ…。つまり、犯人《はんにん》は俳優《はいゆう》の翠川尚樹《みどりかわなおき》さんか…ファッションデザイナーの山吹紹二《やまぶきしょうじ》さんか…CG《シージー》クリエーターの百瀬卓人《ももせたくと》さんか…ミュージシャンの直木司郎《なおきしろう》さんの中《なか》の誰《だれ》かの可能性《かのうせい》が高《たか》い…」

そこまで言《い》うと、コナンはあわてたように言葉《ことば》をきった。

推理《すいり》に夢中《むちゅう》になるあまり、ついつい大人《おとな》のような口調《くちょう》で語《かた》ってしまい、上原刑事《うえはらけいじ》たちを驚《おどろ》かせてしまったかもしれない。

コナンはあわてて子供《こども》らしい幼《おさな》い口調《くちょう》に切《き》り替《か》え、「――って事《こと》だよね？　小五郎《こごろう》のおじさん！」と小五郎《こごろう》に聞《き》いた。

「え？　あ…ああ…」

本当《ほんとう》は何《なに》もわかっていなかった小五郎《こごろう》だが、口《くち》ごもりながらうなずいて話《はなし》を合《あ》わせた。

「なるほど…そこまでは、ほぼ我々《われわれ》と同《おな》じ見解《けんかい》…。それをあえて口《くち》にされなかったのは、それしきの推理《すいり》、語《かた》るに及《およ》ばずといった所《ところ》でしょうか？」

諸伏警部《もろふしけいぶ》に聞《き》かれ、小五郎《こごろう》は「え、ええまあ…」と、汗《あせ》をかきかき答《こた》えた。

その時《とき》、大和警部《やまとけいぶ》の携帯電話《けいたいでんわ》が鳴《な》った。

電話《でんわ》に出《で》た大和警部《やまとけいぶ》の顔《かお》が、一瞬《いっしゅん》で険《けわ》しくなる。

「何《なに》ィ⁉　そいつは本当《ほんとう》か⁉　ああわかった！　こっちはこっちで確《たし》かめてみる！」

「ど、どうしたの？　敢《かん》ちゃ…大和警部《やまとけいぶ》！」

上原刑事《うえはらけいじ》は、敢《かん》ちゃん、と呼《よ》びそうになり、あわてて言《い》い直《なお》した。

「どうもこうもねぇ！　その扉《とびら》の内側《うちがわ》のノブに付《つ》いてた指紋《しもん》と…あの赤色《あかいろ》のスプレーに付《つ》いてた指紋《しもん》…。てっきり、害者《ガイシャ》である明石周作《あかししゅうさく》の指紋《しもん》だと思《おも》ったが…付《つ》いてたのは高明《コウメイ》…お前《まえ》と一緒《いっしょ》に死体《したい》を発見《はっけん》した…お前《まえ》の部下《ぶか》の刑事《けいじ》の指紋《しもん》だったってよ‼　今《いま》、その刑事《けいじ》を本部《ほんぶ》に呼《よ》びつけて問《と》い詰《つ》めてる所《ところ》らしいが…」

諸伏警部《もろふしけいぶ》はその言葉《ことば》を聞《き》いて、一瞬《いっしゅん》あっけにとられた表情《ひょうじょう》を見《み》せたが、すぐに冷静《れいせい》な顔《かお》に戻《もど》った。

「まあ、あまり彼《かれ》を責《せ》めないで頂《いただ》きたい…。何分《なにぶん》、彼《かれ》は刑事《けいじ》になりたての身《み》…。恐《おそ》らく初《はじ》めての死体発見《したいはっけん》に興奮《こうふん》し、色々《いろいろ》な物《もの》に不用意《ふようい》に触《さわ》ってしまったのでしょう…」

部下《ぶか》をかばう諸伏警部《もろふしけいぶ》に、「じゃあ、死体《したい》を発見《はっけん》したのはその新米刑事《しんまいけいじ》と2人《り》で？」と、小五郎《こごろう》がたずねる。

「ええ…。別《べつ》の事件《じけん》の聞《き》き込《こ》みを終《お》えた後《あと》の車中《しゃちゅう》で、この館《やかた》に寄《よ》ってくれと私《わたし》が頼《たの》んだんです…。ここの倉庫《そうこ》の前《まえ》に花《はな》を供《そな》えたいとね…」

「は、花《はな》？」

小五郎《こごろう》が不思議《ふしぎ》そうに聞《き》くと、上原刑事《うえはらけいじ》が「あ、言《い》い忘《わす》れてたけど…大和警部《やまとけいぶ》とこの諸《もろ》伏警部《ふしけいぶ》は、3年前《ねんまえ》に倉庫《そうこ》で亡《な》くなった葵《あおい》さんと同級生《どうきゅうせい》でね…」と説明《せつめい》した。

諸伏警部《もろふしけいぶ》と大和警部《やまとけいぶ》が、被害者《ひがいしゃ》の妻《つま》と同級生《どうきゅうせい》だったと知《し》り、小五郎《こごろう》だけでなく蘭《らん》やコナンも、「ど…同級生《どうきゅうせい》!?」と驚《おどろ》いた。

「ええ…。立《た》ち寄《よ》ったのは丁度《ちょうど》、彼女《かのじょ》の命日《めいにち》…。花《はな》を供《そな》えて帰《かえ》る際《さい》に、あの割《わ》られた窓《まど》の下《した》に絵《え》の具類《ぐるい》が散乱《さんらん》しているのを見《み》つけ、不審《ふしん》に思《おも》い…呼《よ》び鈴《りん》を鳴《な》らしても返事《へんじ》がなく、玄関《げんかん》の鍵《かぎ》がかかっていなかったので部下《ぶか》と共《とも》に入《はい》ったら、部屋《へや》に閉《と》じ込《こ》められていた遺体《いたい》を発見《はっけん》したんです…。…しかし、散乱《さんらん》していた絵《え》の具《ぐ》には、被害者《ひがいしゃ》の指紋《しもん》が付《つ》いていたと聞《き》きましたが…」

「ああ…1つ残《のこ》らずな…」

大和警部《やまとけいぶ》が低《ひく》い声《こえ》で答《こた》える。

「だが、部屋《へや》のノブとスプレーに付《つ》いていたのは、お前《まえ》の部下《ぶか》の指紋《しもん》だけだったってわけだ…」

「それはまさに『雪中《せっちゅう》の筍《たけのこ》』…なかなか興味深《きょうみぶか》い…」

諸伏警部《もろふしけいぶ》が楽《たの》しそうに言《い》うが、小五郎《こごろう》はその言葉《ことば》の意味《いみ》がわからず、「せ、せっちゅうの？」ときょとんとした。

「雪《ゆき》の中《なか》の筍《たけのこ》の事《こと》よ！」

蘭《らん》がすかさず説明《せつめい》する。

「筍《たけのこ》が出《で》るのは春《はる》でしょ？　だから、中国《ちゅうごく》ではありえない事《こと》が起《お》こる時《とき》とか得難《えがた》い物《もの》を得《え》る時《とき》とかにその言葉《ことば》を使《つか》うらしいよ！」

「でも、何《なん》でありえないって…」

小五郎《こごろう》がさらに聞《き》き返《かえ》すと、大和警部《やまとけいぶ》は「わからねぇのか？」といらだった。

「害者《ガイシャ》は、この部屋《へや》に閉《と》じ込《こ》められていたんだぞ？　普通《ふつう》、外《そと》に出《で》ようとして扉《とびら》のノブに手《て》をかけるだろ？　壁《かべ》を赤《あか》く染《そ》めたあのスプレーにも、害者《ガイシャ》の指紋《しもん》が付《つ》いてるはずだろーが！　閉《と》じ込《こ》めた張本人《ちょうほんにん》は、この部屋《へや》に戻《もど》って来《き》てねぇようだしな！」

「た、確《たし》かに…」

小五郎《こごろう》が納得《なっとく》してつぶやくと、諸伏警部《もろふしけいぶ》はあごに手《て》をあてて考《かんが》えこみながら、「…それに」と続《つづ》けた。

「被害者《ひがいしゃ》の指紋《しもん》が付《つ》いていなかったという事《こと》は、わざわざ拭《ふ》き取《と》らねばならない理由《りゆう》があったか…もしくは…。とにかく、もう一度《いちど》あの容疑者《ようぎしゃ》４人《にん》と会《あ》ってみてもいいかもしれませんね…。今度《こんど》は少々《しょうしょう》カマをかけつつ…」

「フン！　会《あ》いたきゃ１人《り》で行《い》きやがれ！」

大和警部《やまとけいぶ》は吐《は》き捨《す》てるように言《い》うと、コナンと蘭《らん》の方《ほう》を目《め》で示《しめ》した。

「その代《か》わりと言《い》っちゃなんだが…邪魔《じゃま》なそのガキと娘《むすめ》をいったん、お前《まえ》の車《くるま》に預《あず》かってもらおうか！　その間《あいだ》、俺《おれ》はせっかく呼《よ》んだ眠《ねむ》りの小五郎《こごろう》さんと知恵《ちえ》を出《だ》し合《あ》って、事件《じけん》の真相《しんそう》を解《と》きてーんだ！　子供《こども》には聞《き》かせたくねぇ話《はなし》も出《で》ると思《おも》うんでな…」

諸伏警部《もろふしけいぶ》が「ホゥ…」と意味深《いみしん》にうなずく。

「まあ、4人《にん》に会《あ》ったら報告《ほうこく》がてら、そのガキと娘《むすめ》を俺《おれ》の家《いえ》に送《おく》って来《き》てくれ！　どーせ大《たい》した収穫《しゅうかく》はねぇと思《おも》うがな…」

大和警部《やまとけいぶ》はそう言《い》い残《のこ》すと、上原刑事《うえはらけいじ》と小五郎《こごろう》を連《つ》れ、さっさと部屋《へや》を出《で》ていってしまった。

大和警部《やまとけいぶ》と小五郎《こごろう》は、上原刑事《うえはらけいじ》の運転《うんてん》する車《くるま》に乗《の》り込《こ》み、館《やかた》を出発《しゅっぱつ》した。

しかし、しばらく車《くるま》を走《はし》らせても、大和警部《やまとけいぶ》は事件《じけん》についていきりだそうとしない。

「で？　そろそろ事件《じけん》の話《はなし》を…」

業《ごう》を煮《に》やした小五郎《こごろう》が後部座席《こうぶざせき》から声《こえ》をかけると、助手席《じょしゅせき》の大和警部《やまとけいぶ》は、「ぐぅ…ぐお…」といびきをかいていた。

「――って…寝《ね》てんじゃねーか！」

小五郎《こごろう》が思《おも》わずつっこむ。

上原刑事《うえはらけいじ》は何《なに》も言《い》わず、わざとらしいほどの大《おお》いびきをかく大和警部《やまとけいぶ》の様子《ようす》を横目《よこめ》で見《み》つめていた。

一方《いっぽう》、諸伏警部《もろふしけいぶ》は、コナンと蘭《らん》と共《とも》に車《くるま》に乗《の》り込《こ》み、容疑者《ようぎしゃ》たちの聞《き》き込《こ》みに出発《しゅっぱつ》していた。

まず車《くるま》を停《と》めたのは、【翠川《みどりかわ》】と表札《ひょうさつ》がかかった立派《りっぱ》な一軒家《いっけんや》の前《まえ》だ。

インターホンを鳴《な》らすと、出《で》てきたのはセーターを着《き》た男《おとこ》だった。鼻《はな》の下《した》には、諸伏警《もろふしけい》部《ぶ》に似《に》たハの字型《じがた》のヒゲをたくわえている。

「ああ、この前《まえ》の刑事《けいじ》さん！　亡《な》くなった周作《しゅうさく》の事《こと》は全《すべ》てお話《はな》ししたはずですが…」

男《おとこ》は、翠川尚樹《みどりかわなおき》。三十八歳《さんじゅうはっさい》の俳優《はいゆう》で、かつてあの館《やかた》に住《す》んでいた一人《ひとり》だ。

「実《じつ》は、あの周作《しゅうさく》さんが閉《と》じ込《こ》められていた部屋《へや》のノブから、あなたの指紋《しもん》が発見《はっけん》されまして…」と、諸伏警部《もろふしけいぶ》。

ノブから指紋《しもん》が出《で》たというのは、事実《じじつ》ではない。容疑者《ようぎしゃ》たちがどう反応《はんのう》するか試《ため》すためのウソだった。

「ホー…あそこに住《す》んでいたのはもう6年《ねん》も前《まえ》になりますが…そんな古《ふる》い指紋《しもん》も残《のこ》っているもんなんですね…」

翠川《みどりかわ》が言《い》うと、いつの間《ま》にか諸伏警部《もろふしけいぶ》の後《うし》ろにいたコナンが、「じゃあ、6年前《ねんまえ》に出《で》て行《い》ったっきり、あの館《やかた》には行《い》ってないの？」と口《くち》をはさんだ。

「あ、ああ…」

翠川《みどりかわ》はうなずくと、「何《なん》なんですか、その子達《こたち》は…」と眉《まゆ》をひそめ、コナンと、コナンを追《お》いかけてあわてて車《くるま》からおりてきた蘭《らん》の姿《すがた》を、順番《じゅんばん》に見《み》つめた。

「いや…訳《わけ》あって一時的《いちじてき》に預《あず》かってる子達《こたち》で…」

翠川《みどりかわ》にそう説明《せつめい》すると、諸伏警部《もろふしけいぶ》はコナンの方《ほう》を見《み》て、「言《い》いましたよね？　車《くるま》に乗《の》っているようにと…」とやんわり告《つ》げた。

「だってー、小五郎《こごろう》おじさんに、どんな人達《ひとたち》だったか教《おし》えなきゃいけないしー…」

コナンが作《つく》り笑顔《えがお》で答《こた》える。

すると蘭《らん》が「あのー」と、翠川《みどりかわ》に控《ひか》えめに声《こえ》をかけた。

「失礼《しつれい》ですが、TV《テレビ》によく出《で》てる方《かた》ですよね？」

「ええ…曽根尚樹《そねなおき》と言《い》った方《ほう》が聞《き》こえがいいかな？」

翠川《みどりかわ》がうっすらと微笑《ほほえ》むと、蘭《らん》は、「あー！　その名前《なまえ》なら知《し》ってます！　悪代官役《あくだいかんやく》とかでよく時代劇《じだいげき》に…」とはしゃいだ声《こえ》をあげた。

「曽根《そね》というのは母方《ははかた》の名字《みょうじ》でね…芸名《げいめい》をそれに変《か》えたんだ…。あの館《やかた》にいる間《あいだ》は翠川《ミドリ》、翠川《ミドリ》と呼《よ》ばれていたから…それを変《か》えなきゃ、あの館《やかた》を出《で》て独《ひと》り立《だ》ちできないと思《おも》ってね…」

「じゃあ、あの館《やかた》に住《す》んでた人達《ひとたち》には、色《いろ》で呼《よ》ばれてたんだ！」

懐《なつ》かしそうに語《かた》る翠川《みどりかわ》に、コナンがさりげなく確認《かくにん》する。

「ああ…でも、周作《しゅうさく》とは幼馴染《おさななじ》みで、彼《かれ》だけとは名前《なまえ》で呼《よ》び合《あ》っていたがね…」

翠川《みどりかわ》は落《お》ち着《つ》いた調子《ちょうし》で答《こた》えた。

次《つぎ》に諸伏警部《もろふしけいぶ》たちが訪《おとず》れたのは、【YAMABUKI《ヤマブキ》　DESIGN《デザイン》】と書《か》かれた看板《かんばん》が掲《かか》げられたデザイン事務所《じむしょ》だった。

ガラス張《ば》りの扉《とびら》を開《あ》けると、洗練《せんれん》された内装《ないそう》の中《なか》で、山吹紹二《やまぶきしょうじ》が応対《おうたい》してくれた。

山吹《やまぶき》は三十九歳《さんじゅうきゅうさい》のファッションデザイナーで、ふさふさとした立派《りっぱ》な口《くち》ヒゲを生《は》やしている。

「へー…私《わたし》の指紋《しもん》が明石君《アカくん》の部屋《へや》の扉《とびら》のノブに？　そりゃー付《つ》いてるでしょうよ！　なんたって、昔《むかし》、あそこに住《す》んでたんだから！」

事情《じじょう》を聞《き》いた山吹《やまぶき》は、女性的《じょせいてき》な軽《かる》い口調《くちょう》でそう言《い》いながら、肩《かた》をすくめた。

「明石《あかし》さんの事《こと》を明石《アカ》って呼《よ》んでたんなら、おじさんもヤマブキって呼《よ》ばれてたの？」

コナンが鋭《するど》くたずねると、山吹《やまぶき》はあっさりとうなずいた。

「ええ…そのまんま名字《みょうじ》だし…。でも、葵《アオ》ちゃんだけは『山《やま》ちゃん』って呼《よ》んでくれてたかしら？」

「ねぇ、その葵《あおい》さん、どんな人《ひと》だったの？」

コナンが質問《しつもん》を重《かさ》ねると、山吹《やまぶき》は懐《なつ》かしそうに微笑《ほほえ》んだ。

「平《ひら》たくいえばみんなのマドンナ！　6人《にん》の中《なか》で女《おんな》は彼女《かのじょ》だけだったし、美人《びじん》だったし…。それで、だから、明石君《アカくん》と付《つ》き合《あ》ってるって聞《き》いた時《とき》は、みんなビックリしちゃってね…。みんなあの館《やかた》を出《で》て行《い》っちゃったってわけ！　まあ、私《わたし》もその1人《り》だけどね…」

「へー…」

コナンはなにげない調子《ちょうし》で相《あい》づちを打《う》った。


続《つづ》いて向《む》かったのは、【スタジオ・モモセ】と書《か》かれた看板《かんばん》が掲《かか》げられたスタジオだった。

中《なか》に入《はい》ると、口《くち》ヒゲとあごヒゲをたくわえ、バンダナを巻《ま》いた小太《こぶと》りのいかつい男《おとこ》が出《で》迎《むか》えた。

百瀬卓人《ももせたくと》、三十七歳《さんじゅうななさい》。CG《シージー》クリエーターとして活躍《かつやく》している彼《かれ》も、かつての館《やかた》の住人《じゅうにん》だ。

「あん？　俺《おれ》の指紋《しもん》が明石《アカ》の部屋《へや》のノブに付《つ》いてた？」

百瀬《ももせ》は話《はなし》を聞《き》くと、険《けわ》しい表情《ひょうじょう》で諸伏警部《もろふしけいぶ》をにらんだ。

「おいおい、まさか、そんなんで元住人《もとじゅうにん》の俺《おれ》を疑《うたが》ってんじゃねぇだろーな？　いつ付《つ》いた指紋《しもん》かわからねーのによ！」

「いや、一応確認《いちおうかくにん》しているだけで…」

諸伏警部《もろふしけいぶ》が落《お》ち着《つ》いた声《こえ》で応《おう》じる。

「ねぇ、おじさんもみんなに、百瀬《モモ》って言《い》われてたの？」

「ああ…嫌《いや》だったよ…。たまにピンクって呼《よ》ぶバカもいたからな！　あの館《やかた》を早《はや》く出《で》たくて仕方《しかた》なかったぜ！」

コナンの質問《しつもん》に、百瀬《ももせ》は渋《しぶ》い顔《かお》をして言《い》い捨《す》てた。

ピンクという言葉《ことば》の響《ひび》きの可愛《かわい》らしさと、ぶっきらぼうな百瀬《ももせ》のイメージが結《むす》びつかず、蘭《らん》は、（ピ、ピンク…）と心《こころ》の中《なか》で戸惑《とまど》った。

「では、館《やかた》を出《で》てから一度《いちど》も、あそこを訪《おとず》れていないんですね？」

諸伏警部《もろふしけいぶ》が念《ねん》を押《お》すように確認《かくにん》する。

「そうそう、言《い》い忘《わす》れてたが4年《ねん》ぐらい前《まえ》に一度《いちど》行《い》ったよ…自分《じぶん》が手伝《てつだ》ったゲームソフトを届《とど》けにな…」

「ゲーム…ですか？」

「ああ…たわいもないチェスのゲームだよ！」

百瀬《ももせ》は鼻《はな》で笑《わら》うように言《い》った。

「明石《アカ》も葵《アオ》ちゃんもチェスが大好《だいす》きだったからな！」


最後《さいご》に向《む》かったのは、直木司郎《なおきしろう》の住《す》むアパートだ。

直木《なおき》は三十六歳《さんじゅうろくさい》のミュージシャンだが、他《ほか》の元住人《もとじゅうにん》たちのように成功《せいこう》している様子《ようす》はなく、アパートも少々古《しょうしょうふる》びている。

部屋《へや》は二階《にかい》の一室《いっしつ》で、顔《かお》を出《だ》した直木《なおき》は、諸伏警部《もろふしけいぶ》の話《はなし》を聞《き》くなり、「な、何《なに》!?」とうろたえた様子《ようす》だった。

「あ、明石《アカ》の奴《やつ》の部屋《へや》のノブから、オレの指紋《しもん》が⁉」

「ええ…ですから、念《ねん》のため確認《かくにん》をと…」

「そ、そんなはずはねぇ…。——ていうかオ、オレも前《まえ》はそこに住《す》んでたし…」

これまでに話《はなし》を聞《き》いた三人《さんにん》の反応《はんのう》と比《くら》べて、直木《なおき》は明《あき》らかに動揺《どうよう》していた。視線《しせん》が定《さだ》まらず、声《こえ》も震《ふる》えている。

「あー、待《ま》てよ！　そーいやぁ、半年《はんとし》ぐらい前《まえ》に遊《あそ》びに行《い》ったな！　そ、その時《とき》に、明石《アカ》の画材《がざい》とかにも触《さわ》ったかも…。あ、明石《アカ》ってのは明石《あかし》の呼《よ》び名《な》で…」

しどろもどろに話《はな》す直木《なおき》に、コナンが「じゃあ、おじさんも司郎《シロ》って呼《よ》ばれてた？」と疑問《ぎもん》を投《な》げかける。

「あ、ああ…みょ、名字《みょうじ》で呼《よ》ばれた事《こと》はなかったよ‼」

直木《なおき》はあわてて答《こた》え、すぐに話題《わだい》をきりあげようとした。

「そ、そろそろいいかな？　バンドの仲間《なかま》と打《う》ち合《あ》わせが…」

「では、また後日《ごじつ》…」

諸伏警部《もろふしけいぶ》がおとなしくひきさがると、直木《なおき》はそそくさとドアを閉《し》めた。

直木《なおき》はドアを閉《し》めた後《あと》も玄関《げんかん》にとどまり、諸伏警部《もろふしけいぶ》たちの足音《あしおと》が遠《とお》ざかるのを確認《かくにん》すると、あわてた様子《ようす》で携帯電話《けいたいでんわ》をとりだして、誰《だれ》かに電話《でんわ》をかけた。

「あ…オレだ…」

低《ひく》くおさえた声《こえ》で、何《なに》かを話《はな》し始《はじ》める。

その表情《ひょうじょう》は、何《なに》かにひどくおびえているようだった。


聞《き》き込《こ》みを終《お》えた諸伏警部《もろふしけいぶ》たちは、大和警部《やまとけいぶ》たちと合流《ごうりゅう》して、お互《たが》いの得《え》た情報《じょうほう》を共有《きょうゆう》した。

「ホー…。ノブに指紋《しもん》が付《つ》いてたってカマをかけて、その反応《はんのう》を見《み》て来《き》たってわけか…」

大和警部《やまとけいぶ》は、諸伏警部《もろふしけいぶ》の手法《しゅほう》に感心《かんしん》すると、「んで？　収穫《しゅうかく》はあったのか？」と先《さき》をうながした。

「ええ、まぁ…」

諸伏警部《もろふしけいぶ》があいまいに答《こた》えると、蘭《らん》が勢《いきお》いよく声《こえ》をあげた。

「い、いました！　すっごく怪《あや》しい人《ひと》が!!　とってもあたふたしてて、聞《き》いてもいないのに前《まえ》に来《き》た時画材《ときがざい》に触《さわ》ったかもなんて言《い》ってたし！」

「だ、誰《だれ》なんだそいつ？」

小五郎《こごろう》が身《み》をのりだしてたずねると、「直木司郎《なおきしろう》さんだよ！」と、コナンが名前《なまえ》を告《つ》げた。

「そういえば、彼《かれ》、前《まえ》に話《はなし》を聞《き》きに行《い》った時《とき》、少《すこ》し挙動《きょどう》がおかしかったわね…」

上原刑事《うえはらけいじ》が思《おも》い出《だ》したように口《くち》を開《ひら》くと、大和警部《やまとけいぶ》も「ああ…」と同意《どうい》した。

「奴《やつ》には目《め》を付《つ》けてたが…これっていう証拠《しょうこ》もなかったしな…。まあ、今日《きょう》はもう遅《おそ》い…。一晩寝《ひとばんね》て夜《よる》が明《あ》けたら、その直木司郎《なおきしろう》に任意同行《にんいどうこう》で警察《けいさつ》に来《き》てもらうとするか…」


翌朝《よくあさ》。

長野《ながの》で一夜《いちや》を明《あ》かした小五郎《こごろう》たちは、迎《むか》えにきた上原刑事《うえはらけいじ》の車《くるま》に乗《の》り、大和警部《やまとけいぶ》と共《とも》に直木《なおき》の家《いえ》へと向《む》かった。

「何《なに》？　明石周作《あかししゅうさく》を殺《ころ》した犯人《はんにん》がわかっただと？　本当《ほんとう》か？」

車《くるま》の中《なか》で小五郎《こごろう》が打《う》ち明《あ》けると、大和警部《やまとけいぶ》は半信半疑《はんしんはんぎ》の表情《ひょうじょう》で聞《き》いた。

「ああ、一晩寝《ひとばんね》ながら考《かんが》えたら、ピーンときちまったんだよ！」

胸《むね》を張《は》る小五郎《こごろう》に、「それで？　誰《だれ》なのその犯人《はんにん》…」と蘭《らん》が続《つづ》きをうながす。

「昨夜《ゆうべ》、お前《まえ》らが怪《あや》しいって言《い》ってた直木司郎《なおきしろう》だよ!!　被害者《ひがいしゃ》の明石《あかし》さんが座《すわ》っていたのは白《しろ》い椅子《いす》…その目《め》の前《まえ》には赤《あか》い壁《かべ》…つまり、ありゃ赤《あか》は自分《じぶん》だって言《い》ってんだ！」

「じゃあ、黒《くろ》い椅子《いす》は？」と、コナン。

「黒《くろ》はもちろん犯人《はんにん》の事《こと》！　あの黒《くろ》い椅子《いす》に座《すわ》ると何《なに》が見《み》える？」

小五郎《こごろう》が聞《き》くと、蘭《らん》はハッとして、「し、白《しろ》い壁《かべ》!!」と答《こた》えた。

「そっか！　犯人《はんにん》はシロって呼《よ》ばれてた直木司郎《なおきしろう》さんだって、伝《つた》えたかったのね!!」

「ピンポーン♪」

小五郎《こごろう》は上機嫌《じょうきげん》で言《い》うと、大口《おおぐち》を開《あ》けてナハハハ…と笑《わら》い声《ごえ》をあげた。

「言葉《ことば》を返《かえ》すようだけど、その推理《すいり》は…」

「放《ほ》っとけ上原《うえはら》…めんどくせぇ…」

控《ひか》えめに口《くち》をはさもうとした上原刑事《うえはらけいじ》を、大和警部《やまとけいぶ》が仏頂面《ぶっちょうづら》で制《せい》する。

「でも…」

上原刑事《うえはらけいじ》が気《き》にする素振《そぶ》りを見《み》せるが、大和警部《やまとけいぶ》は「ん？」と車《くるま》の前方《ぜんぽう》に目《め》をとめた。

直木《なおき》のアパートの前《まえ》に、人《ひと》だかりができているのだ。パトカーや鑑識《かんしき》の車両《しゃりょう》も見《み》える。

「直木司郎《なおきしろう》のアパートの前《まえ》…人《ひと》が群《むら》がってやがる…」

上原刑事《うえはらけいじ》が車《くるま》を停《と》めると、大和警部《やまとけいぶ》は助手席《じょしゅせき》からおりながら、「何《なに》かあったのか？」と、近《ちか》くにいた警察官《けいさつかん》に声《こえ》をかけた。

「か、敢《かん》ちゃん、あれ！」

上原刑事《うえはらけいじ》も運転席《うんてんせき》からおりてきて、アパートの二階《にかい》の廊下《ろうか》を驚《おどろ》いた様子《ようす》で指《ゆび》さす。

そこには、直木《なおき》の部屋《へや》の前《まえ》に立《た》つ諸伏警部《もろふしけいぶ》の姿《すがた》があった。

「コ…高明《コウメイ》!?　おい、まさか…」

大和警部《やまとけいぶ》が二階《にかい》に駆《か》けあがると、諸伏警部《もろふしけいぶ》は神妙《しんみょう》な顔《かお》で言《い》った。

「ええ…妙《みょう》な胸騒《むなさわ》ぎがして早々《そうそう》に来《き》てみたら…。この有様《ありさま》ですよ…」

大和警部《やまとけいぶ》が部屋《へや》の中《なか》をのぞきこむと、ワンルームの散《ち》らかった室内《しつない》に、椅子《いす》に座《すわ》った直《なお》木《き》の遺体《いたい》があった。鑑識《かんしき》たちもいて、すでに現場《げんば》の調査《ちょうさ》を進《すす》めているようだ。

遺体《いたい》の正面《しょうめん》の壁《かべ》は、明石周作《あかししゅうさく》の殺害現場《さつがいげんば》と同《おな》じように、真《ま》っ赤《か》に塗《ぬ》られているのだ。

「あ…赤《あか》い壁《かべ》!?」

「昨夜《さくや》の我々《われわれ》の動《うご》きを見《み》て、素早《すばや》く先手《せんて》を打《う》ったんでしょう…」

「疾《はや》き事風《ことかぜ》の如《ごと》くってか？」

「ええ…『掌中《しょうちゅう》の物《もの》、必《かなら》ずしも掌中《しょうちゅう》の物《もの》ならず』…。ぬかりましたね…」

大和警部《やまとけいぶ》を追《お》いかけて二階《にかい》へとあがってきた小五郎《こごろう》は、大和警部《やまとけいぶ》と諸伏警部《もろふしけいぶ》の会話《かいわ》を聞《き》いて、「しょ、焼酎《しょうちゅう》？」と首《くび》をかしげた。

「あ、それは…」

「手《て》の平《ひら》に載《の》ってるからといって…絶対《ぜったい》につかめるわけじゃないって事《こと》…」

蘭《らん》にかわってそう説明《せつめい》すると、コナンは悔《くや》しげに心《こころ》の中《なか》で続《つづ》けた。

（つまり、オレ達《たち》は目《め》と鼻《はな》の先《さき》にいた事件解決《じけんかいけつ》の鍵《かぎ》を握《にぎ》る重要人物《じゅうようじんぶつ》を…油断《ゆだん》して、みすみす殺《ころ》され、つかみ損《そこ》ねちまったってわけさ!!）


鑑識《かんしき》から報告《ほうこく》を受《う》けた大和警部《やまとけいぶ》は、周囲《しゅうい》を見《み》まわしながら状況《じょうきょう》を整理《せいり》していた。

部屋《へや》には、直木《なおき》の遺体《いたい》が椅子《いす》に座《すわ》った姿勢《しせい》で残《のこ》されており、その足《あし》もとには赤《あか》いスプレー缶《かん》が転《ころ》がっている。

「殺《ころ》されたのはミュージシャンの直木司郎《なおきしろう》、36歳《さい》…。死亡推定時刻《しぼうすいていじこく》は昨夜《さくや》の10時から11時《じ》の間《あいだ》…。死因《しいん》は頸部圧迫《けいぶあっぱく》による窒息死《ちっそくし》…。絞殺《こうさつ》だ…。害者《ガイシャ》が椅子《いす》に座《すわ》らされている点《てん》と…その椅子《いす》の正面《しょうめん》の壁《かべ》が…害者《ガイシャ》の足元《あしもと》に転《ころ》がっているスプレーで…赤《あか》く塗《ぬ》られている所《ところ》から見《み》て…先日《せんじつ》、明石周作《あかししゅうさく》を部屋《へや》に閉《と》じ込《こ》めて餓死《がし》させた奴《やつ》と、同一犯《どういつはん》の可能性《かのうせい》が高《たか》いな…」

「――って事《こと》は、この赤《あか》い壁《かべ》も被害者《ひがいしゃ》のダイイングメッセージ…」

小五郎《こごろう》が真《ま》っ赤《か》に塗《ぬ》られた壁《かべ》を見《み》ながら言《い》うと、諸伏警部《もろふしけいぶ》が冷静《れいせい》に反論《はんろん》した。

「いや…。直木司郎《なおきしろう》さんが壁《かべ》を赤《あか》く染《そ》めるには、絞殺《こうさつ》される前《まえ》でなくてはなりません…。かと言《い》って、犯人《はんにん》とここで落《お》ち合《あ》う前《まえ》から、部屋《へや》をこんな異様《いよう》な状態《じょうたい》にしておくのは考《かんが》えにくい…」

「じゃあ、この赤《あか》い壁《かべ》は、まさか…」

小五郎《こごろう》が続《つづ》きをうながすと、上原刑事《うえはらけいじ》が「ええ…犯人《はんにん》がわざと赤《あか》く塗《ぬ》ったんでしょうね…」と静《しず》かに答《こた》えた。

「おいおい、変《へん》じゃねえか！　自分《じぶん》が犯人《はんにん》だって示《しめ》すダイイングメッセージを、何《なん》で犯人《はんにん》が？」

混乱《こんらん》する小五郎《こごろう》に、「俺達警察《おれたちけいさつ》をおちょくってんだよ！」と大和警部《やまとけいぶ》が吐《は》き捨《す》てる。

「そう…。明石《あかし》さんが遺《のこ》した赤《あか》い壁《かべ》を、そのままこの現場《げんば》に模《も》して…我々《われわれ》を挑発《ちょうはつ》しているのかもしれませんね…。この謎《なぞ》を解《と》き明《あ》かし…我《われ》を捕《と》らえてみよと…」

諸伏警部《もろふしけいぶ》が冷静《れいせい》に言《い》うと、小五郎《こごろう》は眉《まゆ》をひそめて考《かんが》えこみ、再《ふた》び、「でもなぁ…」と口《くち》を開《ひら》いた。

「明石《あかし》さんが座《すわ》ってた白《しろ》い椅子《いす》の目《め》の前《まえ》の壁《かべ》が赤《あか》だから、自分《じぶん》を意味《いみ》し…その後《うし》ろにあった、犯人《はんにん》を意味《いみ》する黒《くろ》い椅子《いす》に座《すわ》ると白《しろ》い壁《かべ》が見《み》えるから、司郎《シロ》って呼《よ》ばれてた直木司郎《なおきしろう》さんが犯人《はんにん》だっていう俺《おれ》の推理《すいり》、イケてると思《おも》ったんだが…」

「そうだとしたら、明石《あかし》さんが座《すわ》ってた椅子《いす》は白《しろ》じゃなく赤《あか》く塗《ぬ》ってたか、何《なに》も塗《ぬ》らなかったと思《おも》うよ！　壁《かべ》も椅子《いす》も白《しろ》だと紛《まぎ》らわしいしさ！」

コナンの言葉《ことば》に、「た、確《たし》かにそうだが…」と小五郎《こごろう》は不本意《ふほんい》そうにしながらも納得《なっとく》した。

「だったら、何《なん》だってんだ？　この赤《あか》い壁《かべ》は…」

小五郎《こごろう》がなおも考《かんが》えこむと、「とにかく、これでハッキリした！」と、大和警部《やまとけいぶ》が声《こえ》をはりあげた。

「容疑者《ようぎしゃ》は明石周作《あかししゅうさく》が住《す》んでいたあの館《やかた》の元住人《もとじゅうにん》の…翠川尚樹《みどりかわなおき》と…山吹紹二《やまぶきしょうじ》と…百瀬卓人《ももせたくと》の３人《にん》だって事《こと》がな！」

「え？　どうしてですか？」

蘭《らん》が目《め》をぱちくりさせて聞《き》くと、上原刑事《うえはらけいじ》が答《こた》えた。

「その3人《にん》と、今回殺《こんかいころ》されたこの直木《なおき》さんにしか言《い》ってないのよ…。壁《かべ》が赤《あか》く染《そ》められていた事《こと》や…明石《あかし》さんが椅子《いす》に座《すわ》っていた事《こと》はね…。でも、明石《あかし》さんが白《しろ》く塗《ぬ》られた椅子《いす》に座《すわ》ってた事《こと》や、その後《うし》ろに黒《くろ》く塗《ぬ》られた椅子《いす》もあって、2つ共《とも》、床《ゆか》に釘付《くぎづ》けされていた事《こと》までは話《はな》してなかったから…。明石《あかし》さんが餓死《がし》した現場《げんば》を再現《さいげん》させたといっても…犯人《はんにん》にはただの椅子《いす》に座《すわ》らせる事《こと》しかできなかったみたいだけど…」

確《たし》かに、今回殺《こんかいころ》された直木《なおき》が座《すわ》っていたのは、色《いろ》の塗《ぬ》られていない普通《ふつう》の椅子《いす》だ。

するとコナンは、「でも、犯人《はんにん》、怖《こわ》くなかったのかなぁ？」となにげなく言《い》った。

「現場《げんば》の事《こと》を詳《くわ》しく知《し》らなかったのに、ダイイングメッセージ、マネしちゃうなんてさ！」

その言葉《ことば》が意外《いがい》だったのか、上原刑事《うえはらけいじ》は「そ、そうね…」とうなずきながら、あらためて直木《なおき》の遺体《いたい》を眺《なが》めた。諸伏警部《もろふしけいぶ》は「………」と黙《だま》ったまま、コナンの様子《ようす》を興味深《きょうみぶか》そうに観察《かんさつ》している。

すると大和警部《やまとけいぶ》が、おもむろに口《くち》を開《ひら》いた。

「まあ、その3人《にん》に、昨夜《ゆうべ》の10時《じ》から11時《じ》の間何《あいだなに》をしてたか聞《き》きに行《い》きてえ所《ところ》だが…俺《おれ》は、この眠《ねむ》りの小五郎《こごろう》さんと、事件《じけん》の真相《しんそう》について相談《そうだん》してぇ事《こと》がある…。悪《わる》いが高明《コウメイ》、また、そのガキと娘《むすめ》をお前《まえ》の車《くるま》に預《あず》かって…」

「フッ…忠告《ちゅうこく》してこれを善道《ぜんどう》し、不可《ふか》なれば即《すなわ》ち止《や》む…。自《みずか》ら辱《はずかし》めらるる事《こと》なかれ…」

諸伏警部《もろふしけいぶ》が、中国《ちゅうごく》の故事《こじ》めいたことを低《ひく》くつぶやく。

大和警部《やまとけいぶ》は「あん?」と、怪訝《けげん》な表情《ひょうじょう》を浮《う》かべた。

「敢助君《かんすけくん》…君《きみ》はこの白眉《はくび》の少年《しょうねん》を、私《わたし》と帯同《たいどう》させたいようですが…今回《こんかい》は遠慮《えんりょ》しておきましょう…。私《わたし》は私《わたし》で捜査《そうさ》させて頂《いただ》きます…。もちろん事件《じけん》の真相《しんそう》が解決《かいけつ》次第《しだい》、君《きみ》に真《ま》っ先《さき》に連絡《れんらく》する事《こと》をお約束《やくそく》して…では…」

白眉《はくび》とは、群《ぐん》を抜《ぬ》いて優《すぐ》れた者《もの》を指《さ》す故事成語《こじせいご》だ。

大和警部《やまとけいぶ》は「ちっ…」と舌打《したう》ちをしながら、諸伏警部《もろふしけいぶ》の背中《せなか》を見送《みおく》った。

「おい、何《なん》なんだ? 今《いま》の『忠告《ちゅうこく》して…何《なん》たら』ってのは?」

小五郎《こごろう》がこっそりと蘭《らん》に聞《き》いた。諸伏警部《もろふしけいぶ》が口《くち》にした「忠告《ちゅうこく》してこれを善道《ぜんどう》し、不可《ふか》なれば即《すなわ》ち止《や》む。自《みずか》ら辱《はずかし》めらるる事《こと》なかれ」という言葉《ことば》の意味《いみ》がわからなかったようだ。

「えーっと、確《たし》か孔子《こうし》の言葉《ことば》で…。相手《あいて》が過《あやま》ちを犯《おか》した時《とき》は、誠意《せいい》をもって忠告《ちゅうこく》するのはいいけど…それがダメなら放《ほう》っておいた方《ほう》がいい…あまりしつこくするのは、自分《じぶん》が嫌《いや》な思《おも》いをするだけで、効果《こうか》がない、って意味《いみ》だったかな？」

「でも、過《あやま》ちって？」

小五郎《こごろう》が疑問《ぎもん》を重《かさ》ねると、上原刑事《うえはらけいじ》が答《こた》えた。

「ホラ、敢《かん》ちゃんがある事件《じけん》を追《お》ってる最中《さいちゅう》に雪崩《なだれ》にあって、左目《ひだりめ》と左足《ひだりあし》を負傷《ふしょう》して行方《ゆくえ》不明《ふめい》になってた事《こと》は聞《き》いたでしょ？　あの時《とき》、敢《かん》ちゃんから何日《なんにち》も連絡《れんらく》がなくて、死《し》んだと思《おも》ってたけど…諸伏警部《もろふしけいぶ》は上司《じょうし》の命令《めいれい》を無視《むし》して、単独《たんどく》で他県《たけん》まで足《あし》を運《はこ》び、かなり強引《ごういん》な捜査《そうさ》で敢《かん》ちゃんが追《お》ってた被疑者《ひぎしゃ》を確保《かくほ》し、雪崩《なだれ》に遭《あ》った事《こと》を聞《き》き出《だ》して病院《びょういん》で敢《かん》ちゃんを見《み》つけたのよ！　お陰《かげ》でその責任《せきにん》を負《お》い、所轄《しょかつ》に移動《いどう》させられちゃったんだけどね…」

上原刑事《うえはらけいじ》はちらりと大和警部《やまとけいぶ》に視線《しせん》を向《む》けて続《つづ》けた。

「その借《か》りもあるから…敢《かん》ちゃん、諸伏警部《もろふしけいぶ》がまた1人《り》で強引《ごういん》な捜査《そうさ》をしないようにこの子《こ》を付《つ》けたんじゃないかなぁ？　コナン君《くん》、賢《かしこ》いからね！」

「でもなぁ…強引《ごういん》な捜査《そうさ》をしたのは、一刻《いっこく》も早《はや》くあんたを見《み》つけたかったからで…今回《こんかい》の事件《じけん》は…」

大和警部《やまとけいぶ》の生死《せいし》がかかっていた以前《いぜん》の事件《じけん》と違《ちが》い、今回《こんかい》の事件《じけん》で諸伏警部《もろふしけいぶ》が強引《ごういん》な捜査《そうさ》をする理由《りゆう》はないのではないか——そう疑問《ぎもん》を口《くち》にしようとした小五郎《こごろう》に、大和警部《やまとけいぶ》は

「奴《やつ》が強引《ごういん》になる可能性《かのうせい》をはらんでんだよ！」と声《こえ》をはりあげた。

「知《し》ってるか？　『2年A組《ねんエーぐみ》の孔明君《こうめいくん》』って本《ほん》…」

「あ、昔読《むかしよ》んだ事《こと》があります！」

蘭《らん》が目《め》を輝《かがや》かせて答《こた》える。

「学校《がっこう》で起《お》こった奇妙《きみょう》な事件《じけん》を、同級生《どうきゅうせい》の名探偵《めいたんてい》が解決《かいけつ》する話《はなし》ですよね？」

「その本《ほん》の作者《さくしゃ》が、3年前《ねんまえ》にあの館《やかた》の倉庫《そうこ》で亡《な》くなった小橋葵《こばしあおい》…明石周作《あかししゅうさく》の嫁《よめ》だ！」

大和警部《やまとけいぶ》が低《ひく》い声《こえ》で語《かた》ると、蘭《らん》は「え？」と驚《おどろ》きの声《こえ》をあげた。

「そして、その本《ほん》の中《なか》に出《で》てくる…同級生《どうきゅうせい》の名探偵《めいたんてい》って奴《やつ》のモデルが…あの諸伏高明《もろふしたかあき》ってわけだ！」

そう言《い》いながら、大和警部《やまとけいぶ》は部屋《へや》を出《で》て、二階《にかい》の廊下《ろうか》から道路《どうろ》を見《み》おろした。そこには、アパートの前《まえ》に停《と》めた車《くるま》に乗《の》り込《こ》もうとしている、諸伏警部《もろふしけいぶ》の姿《すがた》がある。

「そ、そーいえば隣《となり》のクラスの、言葉遣《ことばづか》いが乱暴《らんぼう》なライバル探偵《たんてい》も出《で》てましたけど、あれって…」

「多分《たぶん》、モデルは敢《かん》ちゃんよ！」

蘭《らん》の言葉《ことば》に、上原刑事《うえはらけいじ》が苦笑《くしょう》しながら答《こた》える。

「とにかく！」

自分《じぶん》をモデルにした登場人物《とうじょうじんぶつ》の話《はなし》はされたくないのか、大和警部《やまとけいぶ》は強引《ごういん》に話題《わだい》を戻《もど》した。

「この連続殺人《れんぞくさつじん》が、その小橋葵《こばしあおい》の死《し》を恨《うら》みに思《おも》ってる奴《やつ》の犯行《はんこう》だとしたら…高明《コウメイ》は是《ぜ》が非《ひ》でも解《と》きにかかるだろーぜ！　その本《ほん》を今《いま》も、後生大事《ごしょうだいじ》に車《くるま》のグローブボックスに入《い》れてるぐれぇだからな！」

そう言《い》うと大和警部《やまとけいぶ》は、上原刑事《うえはらけいじ》に指示《しじ》を出《だ》した。

「上原《うえはら》！　タクシー拾《ひろ》って高明《コウメイ》の車《くるま》を追《お》え！　俺《おれ》は小五郎《こごろう》さんと例《れい》の3人《にん》に会《あ》って来《く》る！」

「あ…はい！」

「わかっていると思《おも》うが…一時《いっとき》たりとも高明《コウメイ》から目《め》を離《はな》すんじゃねぇぜ！」

厳《きび》しい目《め》で念《ねん》を押《お》され、上原刑事《うえはらけいじ》は「は…はい!!」と返事《へんじ》をして表情《ひょうじょう》を引《ひ》き締《し》め、ダッと駆《か》けだしていった。


「しかし、強引《ごういん》な捜査《そうさ》をさせたくないんなら、一緒《いっしょ》に行《い》きゃいいものを…」

上原刑事《うえはらけいじ》が去《さ》っていくと、小五郎《こごろう》が肩《かた》をすくめながら大和警部《やまとけいぶ》に言《い》った。

「きっと、こっそり監視《かんし》したいんじゃない？　昨夜《ゆうべ》、諸伏警部《もろふしけいぶ》と容疑者《ようぎしゃ》さん達《たち》の所《ところ》を回《まわ》った時《とき》も、変《へん》な車《くるま》がついて来《き》てたし…。あれって刑事《けいじ》さんの車《くるま》でしょ？」

コナンが言《い》うと、大和警部《やまとけいぶ》は「ああ…」と、短《みじか》くうなずいた。

「で、でも、何《なん》で監視《かんし》なんか…」

「さっき、例《れい》の３人《にん》なら、現場《げんば》に残《のこ》された赤《あか》い壁《かべ》の事《こと》を知《し》ってるって言《い》ったよなァ？」

蘭《らん》に疑問《ぎもん》を呈《てい》され、大和警部《やまとけいぶ》は低《ひく》い声《こえ》で聞《き》き返《かえ》した。

「もちろん、その事《こと》は俺達《おれたち》、警察関係者《けいさつかんけいしゃ》なら周知《しゅうち》の事実《じじつ》！　その上《うえ》、小橋葵《こばしあおい》に好意《こうい》を持《も》っていた奴《やつ》が警察内部《けいさつないぶ》にいるとなると、見張《みは》りを付《つ》けて当然《とうぜん》だろーが！」

「じゃ、じゃあまさか…」

小五郎《こごろう》が戸惑《とまど》いながら言《い》うと、大和警部《やまとけいぶ》は厳《きび》しい表情《ひょうじょう》でうなずいた。

「ああ…あの諸伏高明《もろふしたかあき》も…容疑者《ようぎしゃ》の１人《り》だぜ…」

長野県警新野署《ながのけんけいあらのしょ》の警部《けいぶ》で、三十五歳《さんじゅうごさい》の諸伏高明《もろふしたかあき》――彼《かれ》も、今回《こんかい》の事件《じけん》の、れっきとした容疑者《ようぎしゃ》なのだった。

大和警部《やまとけいぶ》と小五郎《こごろう》たちは、聞《き》き込《こ》みのため、翠川《みどりかわ》の自宅《じたく》を訪《おとず》れた。

「ええ⁉　司郎君《シロくん》が殺《ころ》された⁉　ほ、本当《ほんとう》ですか？」

直木《なおき》が殺《ころ》されたことを大和警部《やまとけいぶ》から聞《き》かされ、翠川《みどりかわ》は驚《おどろ》いたようだった。

「ああ…。それで確認《かくにん》したいんだが…昨夜《ゆうべ》の10時《じ》から11時《じ》の間《あいだ》、あんた、どこで何《なに》を？」

「その頃《ころ》なら、自分《じぶん》の部屋《へや》で今度《こんど》のドラマの台本《だいほん》を読《よ》んでいたよ…。それを終《お》えて床《とこ》に就《つ》いた時《とき》は、もう夜中《よなか》の2時《じ》を回《まわ》っていたかな？　――って、まさか私《わたし》を疑《うたが》っているんじゃ…？」

眉《まゆ》をしかめる翠川《みどりかわ》に、大和警部《やまとけいぶ》は「一応《いちおう》、念《ねん》のためだ…」とことわって続《つづ》けた。

「それを証明《しょうめい》できる奴《やつ》はいるか？」

「うーん…。妻《つま》は9時《じ》には寝《ね》ていたからねぇ…」

「まあ、身内《みうち》じゃ証人《しょうにん》にはなれませんけどね…」と、小五郎《こごろう》。

「ねぇ、最近《さいきん》、司郎《しろう》さんに変《か》わった所《ところ》なかった？　何《なに》かにビクビクしてたとか…」と、コナン。

「さあ…随分会《ずいぶんあ》ってないからね…。でも周作《しゅうさく》はよく会《あ》っていたらしいよ…。司郎君《シロくん》のバンド、うまくいってないらしくてね…。金《かね》をせびりによく訪《たず》ねて来《き》ていたと、周作《しゅうさく》が言《い》っていたよ…」

コナンの質問《しつもん》に翠川《みどりかわ》が答《こた》えると、大和警部《やまとけいぶ》は「ホー…」と目《め》を細《ほそ》めた。


次《つぎ》に訪《おとず》れたのは、ファッションデザイナーの山吹紹二《やまぶきしょうじ》の事務所《じむしょ》だった。

山吹《やまぶき》は忙《いそが》しそうに作業《さぎょう》をしていたが、大和警部《やまとけいぶ》たちの来訪《らいほう》に気《き》づくと、すぐに応《おう》じてくれた。

「昨夜《ゆうべ》の10時《じ》から11時《じ》、何《なに》をしてたかって？　あらやだ、あなたも私《わたし》が司郎君《シロくん》を殺《ころ》したかもって疑《うたが》ってるのね？」

「あなたもってこたァ…」

大和警部《やまとけいぶ》が察《さっ》して言《い》うと、山吹《やまぶき》は肩《かた》をすくめた。

「昨夜《ゆうべ》も来《き》た、つり目《め》で口髭《くちひげ》の刑事《けいじ》さんに、同《おな》じ事《こと》聞《き》かれたから言《い》ってやったわよ！『ここに1人《り》で残《のこ》ってデザインしてたけど、悪《わる》い？』ってね！」

「高明《コウメイ》の奴《やつ》、先回《さきまわ》りしてやがったか…」

大和警部《やまとけいぶ》が悔《くや》しげに言《い》うと、山吹《やまぶき》は目《め》を丸《まる》くした。

「こ、孔明《こうめい》って…あの刑事《けいじ》さん、孔明《こうめい》っていうの？」

「ああ！　あだ名《な》が高明《コウメイ》！　あんたがよく知《し》ってる小橋葵《こばしあおい》の同級生《どうきゅうせい》だ！」

大和警部《やまとけいぶ》が端的《たんてき》に説明《せつめい》する。

「じゃあ、葵《アオ》ちゃんの本《ほん》に出《で》てた名探偵《めいたんてい》の…」

山吹《やまぶき》はまじまじと大和警部《やまとけいぶ》の顔《かお》を見《み》つめた。山吹《やまぶき》も、『2年A組《ねんエーぐみ》の孔明君《こうめいくん》』を読《よ》んだことがあるようだ。

「んで？　その直木司郎《なおきしろう》、最近《さいきん》、妙《みょう》な所《ところ》はなかったか？」

「さあ…お金《かね》に困《こま》ってたのは聞《き》いてたけど…。あ、そうそう！」

山吹《やまぶき》は思《おも》い出《だ》したように声《こえ》をあげた。

「海外旅行《かいがいりょこう》するとか言《い》ってたわよ！　『旅費《りょひ》とか大丈夫《だいじょうぶ》？』って言《い》ったんだけどね…」

「………」

大和警部《やまとけいぶ》の質問《しつもん》に受《う》け答《こた》えする山吹《やまぶき》の姿《すがた》を、コナンはじっと黙《だま》って観察《かんさつ》していた。

続《つづ》いて一同《いちどう》は、CG《シージー》クリエーターの百瀬卓人《ももせたくと》のスタジオに向《む》かった。

「──ったく、また刑事《けいじ》かよ⁉」

百瀬《ももせ》は忙《いそが》しいようで、パソコンに向《む》かって作業《さぎょう》をしながら、不機嫌《ふきげん》そうにしていた。

「さっきも言《い》ったが、昨夜《ゆうべ》の10時《じ》から1時《じ》まで隣《となり》の部屋《へや》のソファーで眠《ねむ》りこけてたよ…本当《ほんとう》は1時間《じかん》の仮眠《かみん》の予定《よてい》だったんだがな…」

(ここも高明《コウメイ》が来《き》た後《あと》か…)と、大和警部《やまとけいぶ》は内心《ないしん》で舌打《したう》ちした。朝《あさ》からたて続《つづ》けに警察《けいさつ》の来訪《らいほう》を受《う》け、百瀬《ももせ》はすっかりイラついているようだ。

「じゃあ、それを証明《しょうめい》する人《ひと》は？」

小五郎《こごろう》がたずねると、「11時《じ》から1時間《じかん》ごとに起《お》こしに来《き》た仲間《なかま》に聞《き》いてみなよ！」と百瀬《ももせ》は面倒《めんどう》くさそうに答《こた》えた。

「まあ…毛布《もうふ》被《かぶ》って寝《ね》てたから、本当《ほんとう》に俺《おれ》がいたかどうか、わからねぇかもしれねぇけど…」

「んじゃ、その殺《ころ》された直木司郎《なおきしろう》…最近《さいきん》、不審《ふしん》な様子《ようす》はなかったか？」

大和警部《やまとけいぶ》がさらに問《と》いかける。

「さあな…かなり前《まえ》にしつこく金《かね》をせびりに来《き》やがってよ…怒鳴《どな》って追《お》い返《かえ》したっきり会《あ》ってねぇな…。あ、でも金《かね》はできたみてーだぜ？　なんでもイタリアのレッチェって所《ところ》に行《い》く予定《よてい》で、自分《じぶん》がいなくなったらそこに捜《さが》しに来《こ》いって、メール来《き》てたからな…」

コナンは、（イタリアのレッチェ？）と、その地名《ちめい》に反応《はんのう》した。

「ところで、あのつり目《め》で口髭《くちひげ》の刑事《けいじ》…葵《アオ》ちゃんの書《か》いた本《ほん》に出《で》て来《く》る名探偵《めいたんてい》のモデルって本当《ほんとう》か？」

百瀬《ももせ》が疑《うたが》わしそうにたずね、大和警部《やまとけいぶ》は「ああ…だが、何《なん》でそれを？」と聞《き》き返《かえ》した。

「さっき、山吹《やまぶき》から電話《でんわ》があったんだよ！　翠川《ミドリ》の奴《やつ》も驚《おどろ》いてたってな！」


「――っとまあ、容疑者《ようぎしゃ》の3人《にん》の話《はなし》を聞《き》いて回《まわ》ったが…3人共《にんとも》アリバイは無《な》いに等《ひと》しかったなぁ…」

聞《き》き込《こ》みを終《お》えた小五郎《こごろう》は、ハンドルを握《にぎ》って車《くるま》を走《はし》らせながら、疲《つか》れた顔《かお》でボヤいた。

「ああ…。やはりあの赤《あか》い壁《かべ》の謎《なぞ》を解《と》かねぇと…」

助手席《じょしゅせき》の大和警部《やまとけいぶ》が言《い》い、コナンは後部座席《こうぶざせき》で（赤《あか》い壁《かべ》…）と考《かんが》えこんだ。

（あれが本当《ほんとう》に、明石周作《あかししゅうさく》さんのダイイングメッセージだとしたら…何《なん》で壁《かべ》を赤《あか》く染《そ》めたんだ？　犯人《はんにん》の名前《なまえ》をわかりやすく書《か》き残《のこ》さなかった理由《りゆう》はわかるけど…）

その頃《ころ》。

諸伏警部《もろふしけいぶ》は聞《き》き込《こ》みを終《お》え、最初《さいしょ》の殺人現場《さつじんげんば》である『死亡《しぼう》の館《やかた》』へと戻《もど》っていた。

遺体《いたい》が発見《はっけん》された部屋《へや》の中《なか》には、黒《くろ》く塗《ぬ》られた椅子《いす》と白《しろ》く塗《ぬ》られた椅子《いす》が、背中合《せなかあ》わせに置《お》かれたままだ。

諸伏警部《もろふしけいぶ》は白《しろ》い椅子《いす》に腰《こし》をおろし、目《め》の前《まえ》の赤《あか》い壁《かべ》をじっと見《み》つめながら、明石周作《あかししゅうさく》が部屋《へや》を赤《あか》く塗《ぬ》った理由《りゆう》について考《かんが》えた。

(そう…名前《なまえ》を残《のこ》さなかったのは…餓死《がし》した後《あと》、最初《さいしょ》にここを訪《おとず》れる可能性《かのうせい》が高《たか》い被疑者《ひぎしゃ》に消《け》されてしまうから…。消《け》される…。壁《かべ》…。赤《あか》…)

そこまで考《かんが》えると、ハッと何《なに》かに気《き》づいて、背後《はいご》の壁《かべ》に目《め》を向《む》ける。

そして、(…なるほど…そういう事《こと》ですか…)と納得《なっとく》した。

諸伏警部《もろふしけいぶ》はとうとう、赤《あか》く塗《ぬ》られた壁《かべ》の謎《なぞ》を解《と》き明《あ》かしたのだ。

すぐさま携帯電話《けいたいでんわ》をとりだし、誰《だれ》かへ連絡《れんらく》をとろうとする。

しかし、その時《とき》――。

人影《ひとかげ》がゆっくりと諸伏警部《もろふしけいぶ》の背後《はいご》に忍《しの》び寄《よ》った。

その手《て》には鈍《にぶ》く光《ひか》る鉄《てつ》パイプが握《にぎ》られている。

人影《ひとかげ》は、諸伏警部《もろふしけいぶ》の背後《はいご》で、迷《まよ》うことなく鉄《てつ》パイプを振《ふ》り上《あ》げた。

ガッ！

鈍《にぶ》い音《おと》と共《とも》に、鉄《てつ》パイプが諸伏警部《もろふしけいぶ》の後頭部《こうとうぶ》を直撃《ちょくげき》する。

携帯電話《けいたいでんわ》を握《にぎ》りしめたまま、諸伏警部《もろふしけいぶ》は前《まえ》のめりに倒《たお》れこんだ。

床《ゆか》に横《よこ》たわる諸伏警部《もろふしけいぶ》を、人影《ひとかげ》は冷《つめ》たく見《み》おろした。

（この殺人演義《さつじんえんぎ》に…孔明《こうめい》は無用《むよう》…。早々《そうそう》に退陣《たいじん》してもらおうか…）


大和警部《やまとけいぶ》は、小五郎《こごろう》の運転《うんてん》する車《くるま》で移動《いどう》を続《つづ》けていた。コナンと蘭《らん》も一緒《いっしょ》だ。

と、そこへ、諸伏警部《もろふしけいぶ》を尾行《びこう》しているはずの上原刑事《うえはらけいじ》から電話《でんわ》がかかってくる。

「何《なに》ィ⁉　高明《コウメイ》を見失《みうしな》っただと⁉」

電話《でんわ》をとった大和警部《やまとけいぶ》は、諸伏警部《もろふしけいぶ》を見失《みうしな》ったという上原刑事《うえはらけいじ》の報告《ほうこく》を聞《き》き、声《こえ》を荒《あら》げた。

「何《なに》やってんだ上原《うえはら》⁉」

『ごめん！　五丈《ごじょう》の森《もり》に入《はい》った所《ところ》で、急《きゅう》に車《くるま》の速度《そくど》を上《あ》げられて…』

「五丈《ごじょう》の森《もり》って、あの館《やかた》が建《た》ってる森《もり》じゃねーか‼　高明《コウメイ》は館《やかた》に行《い》ったはずだ！　すぐに向《む》かえ‼」

『はい‼』

上原刑事《うえはらけいじ》との通話《つうわ》を終《お》えた大和警部《やまとけいぶ》は、携帯電話《けいたいでんわ》にメールの通知《つうち》が届《とど》いていることに気《き》がついた。

「ん？　高明《コウメイ》からメールが来《き》てやがる…」

「もしかして、犯人《はんにん》がわかったんじゃ…」

蘭《らん》が期待《きたい》を込《こ》めて言《い》い、コナンは「何《なに》？　何《なん》て書《か》いてあるの？」と先《さき》を急《せ》かす。

大和警部《やまとけいぶ》はメールを開《ひら》くと、ハッとした顔《かお》になって、短《みじか》い文章《ぶんしょう》を読《よ》みあげた。

「『死《し》せる…孔明《こうめい》…』」

諸伏警部《もろふしけいぶ》からのメールには、たった五文字《ごもじ》、【死《し》せる孔明《こうめい》】とだけ書《か》かれていた。まるで諸伏警部《もろふしけいぶ》の身《み》に何《なに》かあったことを暗示《あんじ》するような文面《ぶんめん》だ。

「おいおい、縁起《えんぎ》でもねぇ…」と、小五郎《こごろう》。

大和警部《やまとけいぶ》は険《けわ》しい表情《ひょうじょう》で、再《ふたた》び上原刑事《うえはらけいじ》に電話《でんわ》をかけた。

「おう、上原《うえはら》！　高明《コウメイ》は見《み》つかったか⁉」

「そ、それが今《いま》、館《やかた》に着《つ》いたんだけど…」

答《こた》える上原刑事《うえはらけいじ》の声《こえ》は、震《ふる》えていた。電話《でんわ》の向《む》こうで、ゴォォォ…と風《かぜ》が吹《ふ》くような音《おと》がする。

「も、燃《も》えてるのよ…あの死亡《しぼう》の館《やかた》が…」


小五郎《こごろう》が運転《うんてん》する車《くるま》は、五丈《ごじょう》の森《もり》を進《すす》み、死亡《しぼう》の館《やかた》へと到着《とうちゃく》した。

上原刑事《うえはらけいじ》の報告《ほうこく》どおり、館《やかた》は火《ひ》に包《つつ》まれていた。真《ま》っ赤《か》な炎《ほのお》が勢《いきお》いよく燃《も》え盛《さか》り、煙《けむり》が空高《そらたか》く立《た》ち昇《のぼ》っている。

「コ…高明《コウメイ》…」

大和警部《やまとけいぶ》は、館《やかた》をぼう然《ぜん》と見《み》あげた。

小五郎《こごろう》と蘭《らん》も顔《かお》を青《あお》ざめさせ、「あの中《なか》にいるんなら、もう…」「そ、そんな…」と声《こえ》を震《ふる》わせる。

「くそっ！」

大和警部《やまとけいぶ》は吐《は》き捨《す》てると、左足《ひだりあし》の不自由《ふじゆう》をものともせず、杖《つえ》をつきながら炎《ほのお》の中《なか》へ入《はい》っていこうとした。

「――っておい、あんた!?」

小五郎《こごろう》が驚《おどろ》いて呼《よ》び止《と》めようとするが、大和警部《やまとけいぶ》の耳《みみ》には聞《き》こえていないようだ。

(高明《コウメイ》…)

大和警部《やまとけいぶ》の脳裏《のうり》に、諸伏警部《もろふしけいぶ》の言葉《ことば》が浮《う》かぶ。

――事件《じけん》の真相《しんそう》が解決次第《かいけつしだい》、君《きみ》に真《ま》っ先《さき》に連絡《れんらく》する事《こと》をお約束《やくそく》して…。

別《わか》れ際《ぎわ》、諸伏警部《もろふしけいぶ》は確《たし》かに、大和警部《やまとけいぶ》にそう告《つ》げた。

(俺《おれ》はまだ…お前《まえ》からちゃんと報告《ほうこく》を受《う》けてねぇぞ!!)

心《こころ》の中《なか》で叫《さけ》びながら、大和警部《やまとけいぶ》はさらに一歩《いっぽ》を踏《ふ》み出《だ》そうとする。

その時《とき》、コナンが「よしなよ、大和警部《やまとけいぶ》！」と鋭《するど》く声《こえ》をかけた。

「今《いま》から入《はい》っても無駄《むだ》さ…」

「うるせぇ!!　無駄《むだ》かどうかは入《はい》ってみねーと…」

大和警部《やまとけいぶ》はコナンの制止《せいし》をふりきって、館《やかた》の中《なか》へと進《すす》もうとする。

「だーかーら…今《いま》から入《はい》っても意味《いみ》ないんじゃない？」

冷静《れいせい》な口調《くちょう》で言《い》いながら、コナンは視線《しせん》を横《よこ》にそらした。

館《やかた》のそばで、上原刑事《うえはらけいじ》が、火《ひ》の勢《いきお》いを避《さ》けるようにしてしゃがみこんでいる。腕《うで》の中《なか》には、意識《いしき》を失《うしな》った様子《ようす》の諸伏警部《もろふしけいぶ》をかかえていた。

燃《も》える館《やかた》の中《なか》へ諸伏刑事《もろふしけいじ》を助《たす》けに入《はい》ったのか、服《ふく》や肌《はだ》が煤《すす》などで黒《くろ》っぽく汚《よご》れている。

「コ…高明《コウメイ》!!　おい、その血《ち》は!?」

大和警部《やまとけいぶ》は叫《さけ》び、二人《ふたり》に駆《か》け寄《よ》った。

「まだ火《ひ》が回《まわ》ってなかった裏口《うらぐち》から入《はい》ったら、例《れい》の部屋《へや》で頭《あたま》から血《ち》を流《なが》して倒《たお》れてたのよ…。どうやら誰《だれ》かに殴《なぐ》られたみたい…」

上原刑事《うえはらけいじ》はそう説明《せつめい》しながら、諸伏警部《もろふしけいぶ》の身体《からだ》を、慎重《しんちょう》に地面《じめん》の上《うえ》へ横《よこ》たわらせた。

「誰《だれ》だ、高明《コウメイ》!?　誰《だれ》にやられた!?」

大和警部《やまとけいぶ》は声《こえ》に怒《いか》りをにじませ、諸伏警部《もろふしけいぶ》に問《と》いかけた。

しかし、諸伏警部《もろふしけいぶ》の反応《はんのう》はない。

「ダメよ…完全《かんぜん》に気《き》を失《うしな》ってるわ…。それに、殴《なぐ》られたのは後頭部《こうとうぶ》…。背後《はいご》から襲《おそ》われたのなら、殴《なぐ》った犯人《はんにん》を見《み》てないかも…」

上原刑事《うえはらけいじ》が静《しず》かに答《こた》えると、「でも、その犯人《はんにん》なら、この人達《ひとたち》の中《なか》の誰《だれ》かかもしれないね…」とコナンが背後《はいご》を気《き》にしながら言《い》った。

「「え?」」

大和警部《やまとけいぶ》、上原刑事《うえはらけいじ》、そしてそばに立《た》っていた小五郎《こごろう》の三人《さんにん》がいっせいに顔《かお》を向《む》ける。

コナンの視線《しせん》の先《さき》には、三人《さんにん》の容疑者《ようぎしゃ》がいた。

翠川尚樹《みどりかわなおき》、山吹紹二《やまぶきしょうじ》、百瀬卓人《ももせたくと》——三人《さんにん》とも、車《くるま》でつい今《いま》しがた、ここへ到着《とうちゃく》したばかりのようだ。

「お、おい…あんたら何《なん》でここに!?」

小五郎《こごろう》が驚《おどろ》いて聞《き》き返《かえ》すと、「あ、いや…」と翠川《みどりかわ》が言葉《ことば》をにごした。

「よ、呼《よ》び出《だ》されたのよ…」

山吹《やまぶき》が視線《しせん》を彷徨《さまよ》わせながら言《い》い、百瀬《ももせ》が「携帯《けいたい》のメールでな…」と続《つづ》く。

「メールだと?」

大和警部《やまとけいぶ》は翠川《みどりかわ》に駆《か》け寄《よ》り、胸《むな》ぐらをつかんで怒鳴《どな》った。

「誰《だれ》からメールが来《き》たってんだ!?」

「あ、あんただよ警部《けいぶ》さん…」

翠川《みどりかわ》がおどおどと答《こた》え、大和警部《やまとけいぶ》は「何《なに》⁉」と目《め》を見開《みひら》いた。

「周作《しゅうさく》が閉《と》じ込《こ》められて餓死《がし》させられた、この館《やかた》で確認《かくにん》したい事《こと》があるから来《き》てくれって…。な、なあ？」

翠川《みどりかわ》は他《ほか》の二人《ふたり》に視線《しせん》を送《おく》る。

「ええ…時間《じかん》は14時《じ》…」

「んで来《き》てみたら、ゴオゴオ燃《も》えてたってわけだ…」

山吹《やまぶき》と百瀬《ももせ》が言《い》うと、大和警部《やまとけいぶ》はいっそう目《め》つきを鋭《するど》くして、さらに問《と》い詰《つ》めた。

「妙《みょう》だと思《おも》わなかったのか？　俺《おれ》からメールが来《く》るなんて…」

「そりゃー少《すこ》しは引《ひ》っ掛《か》かったが…」と、翠川《みどりかわ》。

「2人《り》に電話《でんわ》したら、同《おな》じメールが来《き》たって言《い》うし…」と、山吹《やまぶき》。

「文面《ぶんめん》もメルアドも同《おな》じだったから疑《うたが》っちゃいなかったよ…」と、百瀬《ももせ》。

「じゃあ、3人一緒《にんいっしょ》に来《き》たんスか？」

小五郎《こごろう》が聞《き》くと、三人《さんにん》は「いや…」「1人《り》で来《こ》いって…」「メールに…」とそれぞれに答《こた》えた。

しばらくして救急車《きゅうきゅうしゃ》が到着《とうちゃく》すると、諸伏警部《もろふしけいぶ》は近《ちか》くの病院《びょういん》へと搬送《はんそう》されていった。上原《うえはら》刑事《けいじ》は付《つ》き添《そ》いとして救急車《きゅうきゅうしゃ》に同乗《どうじょう》し、大和警部《やまとけいぶ》とコナンたちはしばらく現場《げんば》に残《のこ》って容《よう》疑者《ぎしゃ》たちから事情《じじょう》を聞《き》いてから、自分《じぶん》たちの車《くるま》で病院《びょういん》に向《む》かった。

諸伏警部《もろふしけいぶ》は、上原刑事《うえはらけいじ》に見守《みまも》られながら、病院《びょういん》の個室《こしつ》のベッドで眠《ねむ》っていた。検査《けんさ》の結《けっ》果《か》、命《いのち》に別条《べつじょう》はないとのことだが、まだ意識《いしき》が戻《もど》らないため、今日《きょう》はこのまま入院《にゅういん》するそうだ。

容疑者《ようぎしゃ》たちから得《え》られた証言《しょうげん》について、大和警部《やまとけいぶ》が説明《せつめい》すると、上原刑事《うえはらけいじ》は驚《おどろ》いた様子《ようす》だった。

「え？　直木司郎《なおきしろう》さんの携帯電話《けいたいでんわ》？　その電話《でんわ》からあの3人《にん》にメールが送《おく》られてたの？」

「ああ…。多分《たぶん》、直木司郎《なおきしろう》を殺《ころ》した時《とき》に携帯《けいたい》をくすねておいて、メアドを変更《へんこう》し…自分《じぶん》を含《ふく》めた容疑者《ようぎしゃ》3人《にん》に、同《おな》じメールを送《おく》ったんだろーぜ…」

大和警部《やまとけいぶ》の推理《すいり》に、小五郎《こごろう》が「なるほど…」とうなずく。

「容疑《ようぎ》がかかっているのは…翠川尚樹《みどりかわなおき》さんと…山吹紹二《やまぶきしょうじ》さんと…百瀬卓人《ももせたくと》さんの3人《にん》…。

他《ほか》の2人《り》もあそこに呼《よ》び出《だ》せば…館《やかた》に火《ひ》をつけた時《とき》のアリバイがないのが、自分《じぶん》だけじゃなくなるって寸法《すんぽう》か…」

蘭《らん》は、「でも、何《なん》で火《ひ》をつけなきゃいけなかったの？」と顔《かお》を曇《くも》らせてたずねる。

するとコナンがすぐさま「わかっちゃったんじゃない？」と口《くち》をはさんだ。

「明石周作《あかししゅうさく》さんに遺《のこ》されちゃったあの赤《あか》い壁《かべ》のダイイングメッセージで…犯人《はんにん》は自分《じぶん》だって言《い》ってるって事《こと》が！　だから、燃《も》やそうと思《おも》ってあの館《やかた》に行《い》ったら…」

「運悪《うんわる》く高明《コウメイ》がいて、仕方《しかた》ねえから殴《なぐ》り倒《たお》して、高明《コウメイ》もろとも灰《はい》にしようとしたという事《こと》か…」と、大和警部《やまとけいぶ》。

蘭《らん》はかがみ込《こ》んで、コナンに「それで？」と問《と》いかけた。

「何《なん》なの、あの赤《あか》い壁《かべ》の意味《いみ》…わかったんでしょ？」

「それがわかればいいんだけどね…」

コナンが苦笑《くしょう》しながら答《こた》えると、小五郎《こごろう》がいきなり、ゴッとコナンの頭《あたま》にゲンコツをお見舞《みま》いした。

「フン！　わかってねぇのに、わかったような口利《くちき》くなってーの！」

コナンが頭《あたま》をさすりながら黙《だま》りこむ中《なか》、大和警部《やまとけいぶ》は手《て》に持《も》った携帯電話《けいたいでんわ》に視線《しせん》を落《お》とした。

「まあ、第《だい》1の殺人現場《さつじんげんば》は燃《も》えちまったが…新《あら》たな手掛《てが》かりは1つ増《ふ》えた…。その高明《コウメイ》が俺《おれ》の携帯《けいたい》に送《おく》って来《き》たメッセージ…」

大和警部《やまとけいぶ》は携帯電話《けいたいでんわ》を開《ひら》き、文章《ぶんしょう》を読《よ》みあげた。

「『死《し》せる孔明《こうめい》…』」

「でも、それ、犯人《はんにん》がわざと敢《かん》ちゃんに送《おく》って来《き》たのかも…」

上原刑事《うえはらけいじ》が眉《まゆ》をひそめると、コナンが「それはないんじゃない？」とすぐに否定《ひてい》した。

「そのメッセージ、途中《とちゅう》で切《き》れてるし、謎《なぞ》が解《と》けたら大和警部《やまとけいぶ》に連絡《れんらく》するって言《い》ってたし…。だから、きっと何《なに》かに気《き》づいた諸伏警部《もろふしけいぶ》が、その事《こと》を大和警部《やまとけいぶ》に教《おし》えようとメールを打《う》ってた途中《とちゅう》で殴《なぐ》られて…気絶《きぜつ》しちゃう前《まえ》に送信《そうしん》したんだと思《おも》うけど…」

「何《なん》で途中《とちゅう》なんだよ？　あの名軍師《めいぐんし》・諸葛孔明《しょかつこうめい》と諸伏高明警部《もろふしたかあきけいぶ》のあだ名《な》の高明《コウメイ》を引《ひ》っ掛《か》けて犯人《はんにん》が送《おく》ったんじゃねーのか？　『コウメイは死《し》んだぜ』って…」

疑問《ぎもん》を口《くち》にする小五郎《こごろう》の背後《はいご》で、蘭《らん》が口《くち》を開《ひら》いた。

「『死《し》せる孔明《こうめい》、生《い》ける仲達《ちゅうたつ》を走《はし》らす』…その諸葛亮孔明《しょかつりょうこうめい》が率《ひき》いる蜀《しょく》の軍《ぐん》が急《きゅう》に戦《いくさ》を止《や》めて引《ひ》き上《あ》げるのを見《み》て、孔明《こうめい》が病死《びょうし》したと確信《かくしん》した魏《ぎ》の軍師《ぐんし》・司馬懿仲達《しばいちゅうたつ》はすぐに大軍《たいぐん》で追《つい》撃《げき》したけど…生前《せいぜん》の孔明《こうめい》の命令《めいれい》に従《したが》って、反撃《はんげき》の構《かま》えを蜀《しょく》の軍《ぐん》が見《み》せたため、仲達《ちゅうたつ》は『孔《こう》明《めい》は死《し》んでいない！　これは何《なに》かの策略《さくりゃく》だ』って勘《かん》ぐって退却《たいきゃく》しちゃったのよ！　つまり、『生前《せいぜん》の威光《いこう》が死後《しご》も残《のこ》っていて相手《あいて》を恐《おそ》れさせる』たとえってわけ！」

すらすらと説明《せつめい》する蘭《らん》に、小五郎《こごろう》は気《け》おされつつも、「へー…」と納得《なっとく》した。

「でも、そうなると『死《し》せる孔明《こうめい》』は餓死《がし》させられた明石周作《あかししゅうさく》さんで…『生《い》ける仲達《ちゅうたつ》』は犯人《はんにん》を指《さ》し…明石《あかし》さんは、あの赤《あか》い壁《かべ》と床《ゆか》に釘付《くぎづ》けした白《しろ》と黒《くろ》の椅子《いす》で、犯人《はんにん》を恐《おそ》れさせようとしてた事《こと》になるけど…その意図《いと》が読《よ》めないわね…」

「ああ…それよりわからねえのが…何《なん》で犯人《はんにん》が、その赤《あか》い壁《かべ》のメッセージだけを…次《つぎ》に殺《ころ》した直木司郎《なおきしろう》の部屋《へや》に、わざわざ残《のこ》したかって事《こと》だ…」

上原刑事《うえはらけいじ》と大和警部《やまとけいぶ》は、それぞれに状況《じょうきょう》を整理《せいり》しながら、思考《しこう》をめぐらせた。

その場《ば》に沈黙《ちんもく》が広《ひろ》がる中《なか》、コナンも頭《あたま》の中《なか》で考《かんが》え続《つづ》けていた。

(あれが警察《けいさつ》を挑発《ちょうはつ》するためのメッセージだとしたら…自信《じしん》があったのか？　あの赤《あか》い壁《かべ》だけじゃ自分《じぶん》に辿《たど》り着《つ》けないっていう…確信《かくしん》が…)

「しかし、本当《ほんとう》に犯人《はんにん》の動機《どうき》は葵《あおい》さんだったのか？　もしかしたら、赤《あか》に関係《かんけい》する何《なに》かだったから壁《かべ》を赤《あか》くしたんじゃ？」

小五郎《こごろう》が首《くび》をひねりながら口《くち》を開《ひら》くと、大和警部《やまとけいぶ》が「いや…動機《どうき》はその葵《あおい》の死《し》の恨《うら》みだよ…」と断言《だんげん》した。

「言《い》っただろ？ 3年前《ねんまえ》に彼女《かのじょ》が、あの館《やかた》の倉庫《そうこ》で心臓発作《しんぞうほっさ》を起《お》こして倒《たお》れ…夫《おっと》の明石周《あかししゅう》作《さく》に放置《ほうち》されて、死《し》んじまった話《はなし》…。そっくりじゃねえか…。部屋《へや》に閉《と》じ込《こ》められ、放置《ほうち》されて餓死《がし》した明石周作《あかししゅうさく》と…」

「でも、それだけじゃ…」

「その葵《あおい》さんが亡《な》くなった日《ひ》、例《れい》の容疑者《ようぎしゃ》3人《にん》と昨夜殺《ゆうべころ》された直木司郎《なおきしろう》さんの所《ところ》に葵《あおい》さんから電話《でんわ》があったそうなのよ…。『夫《おっと》の周作《しゅうさく》が自分《じぶん》をモデルにして描《か》いた絵《え》…どこに置《お》いてあるか覚《おぼ》えてない？』ってね…」

小五郎《こごろう》に上原刑事《うえはらけいじ》が説明《せつめい》すると、蘭《らん》はハッとした顔《かお》になり、「じゃあ、葵《あおい》さんが亡《な》くなった日《ひ》に、倉庫《そうこ》で探《さが》してた物《もの》って…」とつぶやいた。

「ええ…葵《あおい》さんの肖像画《しょうぞうが》よ…」

上原刑事《うえはらけいじ》が静《しず》かにうなずく。

「周作《しゅうさく》さんにもその在《あ》り処《か》を聞《き》いたけど、作品《さくひん》を仕上《しあ》げている最中《さいちゅう》だからって、取《と》り合《あ》ってくれなかったと言《い》ってたらしいわ…。葵《あおい》さんは誕生日《たんじょうび》になると、その絵《え》を倉庫《そうこ》から出《だ》して、自分《じぶん》の部屋《へや》に飾《かざ》っていたそうで…亡《な》くなったのは誕生日《たんじょうび》の前日《ぜんじつ》だから、それを恨《うら》みに思《おも》っても不思議《ふしぎ》じゃないわね…」

「まあ何《なに》にせよ…高明《コウメイ》の意識《いしき》が戻《もど》りゃ、この『死《し》せる孔明《こうめい》』の送《おく》り主《ぬし》が高明本人《コウメイほんにん》かという事《こと》も…もしそうだとしたら、その意味《いみ》もわかるんだが…」と、大和警部《やまとけいぶ》。

「医者《いしゃ》の話《はなし》だと、明日《あした》になっても意識《いしき》が回復《かいふく》しなければ再検査《さいけんさ》する必要《ひつよう》があるって…」

上原刑事《うえはらけいじ》の言葉《ことば》に、大和警部《やまとけいぶ》は「そうか…」と眉《まゆ》を寄《よ》せてうなずいた。

諸伏警部《もろふしけいぶ》は目《め》を閉《と》じてベッドに横《よこ》たわったまま、眠《ねむ》り続《つづ》けている。目《め》を覚《さ》ます気配《けはい》はまだなかった。

小五郎《こごろう》たちは病室《びょうしつ》を出《で》ると、大和警部《やまとけいぶ》に送《おく》られながら、出口《でぐち》に向《む》かって廊下《ろうか》を歩《ある》いた。

「悪《わる》かったな…わざわざ呼《よ》んだのに大《たい》した出番《でばん》もなくてよ…」

「いやいや、こっちこそあんまり役《やく》に立《た》てなくて…」

大和警部《やまとけいぶ》に謝《あやま》られ、小五郎《こごろう》は苦笑《くしょう》しながら、前《まえ》を歩《ある》くコナンの方《ほう》を見《み》て言《い》った。

「…といっても、あんたが本当《ほんとう》に呼《よ》びたかったのは、この眼鏡《めがね》のボウズの方《ほう》だったみてーだし…」

「ああ…この小僧《こぞう》なら、高明《コウメイ》の監視役《かんしやく》に適任《てきにん》だと思《おも》ったんだ…。何《なに》しろ、奴《やつ》はいったん推《すい》理《り》に入《はい》ったら、周《まわ》りが見《み》えなくなる程没頭《ほどぼっとう》し、こうと決《き》めたら危《あぶ》ない橋《はし》を平気《へいき》で渡《わた》ろうとしやがる…。だから、俺《おれ》やあんたの意見《いけん》は聞《き》かなくても…小僧《こぞう》の無邪気《むじゃき》な忠告《ちゅうこく》なら耳《みみ》を貸《か》すと思《おも》ったんだが…今回《こんかい》も1人《り》で突《つ》っ走《ぱし》ってやっちまいやがった…」

コナンは、(悪《わる》かったねぇ、役《やく》に立《た》たなくて…)と心《こころ》の中《なか》で皮肉《ひにく》をつぶやく。

「まあ、あの赤《あか》い壁《かべ》の謎《なぞ》が解《と》けたら、真《ま》っ先《さき》に教《おし》えてやるからよ…」

大和警部《やまとけいぶ》の言葉《ことば》に、「ああ…」と小五郎《こごろう》が短《みじか》くうなずく。

その時《とき》、廊下《ろうか》の奥《おく》から、手術《しゅじゅつ》を終《お》えた患者《かんじゃ》がベッドに乗《の》せられてガラガラと運《はこ》ばれてきた。患者《かんじゃ》の家族《かぞく》らしき男性《だんせい》が、すぐさま走《はし》ってきて「せ、先生《せんせい》…妻《つま》は?」と医師《いし》に問《と》いかける。

「大丈夫《だいじょうぶ》! 手術《しゅじゅつ》は成功《せいこう》しましたよ…」

蘭《らん》は患者《かんじゃ》の家族《かぞく》と医師《いし》とのやりとりを見《み》ながら、ふと足《あし》を止《と》めた。視線《しせん》は、医師《いし》が身《み》にまとっている手術着《しゅじゅつぎ》に向《む》けられている。

「ん? どうした蘭《らん》?」と、小五郎《こごろう》。

「あ、うん…何《なん》で外科医《げかい》の手術着《しゅじゅつぎ》って薄《うす》い緑色《みどりいろ》なんだろって、ちょっと思《おも》っただけ！」

「あん？」

「ホラ、他《ほか》のお医者《いしゃ》さんや看護師《かんごし》さん達《たち》は、白衣《はくい》じゃない！」

「確《たし》かにそうだが…何《なん》で今《いま》、それを？」

「だって、今回《こんかい》の事件《じけん》って色《いろ》に関係《かんけい》があるみたいでしょ？　だから、色《いろ》・色《いろ》って考《かんが》えてたら…」

小五郎《こごろう》と蘭《らん》の会話《かいわ》を聞《き》いたコナンは「あ、それ、ボク知《し》ってるよ！」と声《こえ》をあげた。

「手術着《しゅじゅつぎ》が薄緑色《うすみどりいろ》なのは…手術《しゅじゅつ》してると、血《ち》をいっぱい見《み》るからで…」

「そいつを見続《みつづ》けているとだな…」

大和警部《やまとけいぶ》も言《い》いかける。

するとコナンと大和警部《やまとけいぶ》は急《きゅう》に表情《ひょうじょう》を変《か》え、「残像《ざんぞう》で…」「集中力《しゅうちゅうりょく》が…」と、ぼんやりしながらつぶやいたかと思《おも》うと、同時《どうじ》に何《なに》かに思《おも》いあたったのか、「!!」と息《いき》をのんで顔《かお》を見合《みあ》わせた。

「なるほど…だから、最初《さいしょ》の殺人現場《さつじんげんば》の椅子《いす》が、白《しろ》と黒《くろ》で塗《ぬ》られてたってわけか…」

「うん！　周作《しゅうさく》さんはチェスが好《す》きだったらしいしね！」

いったいこの二人《ふたり》が何《なに》を思《おも》いついたのか、蘭《らん》と小五郎《こごろう》はわけがわからず、顔《かお》を見合《みあ》わせながら、「「？」」と首《くび》をかしげた。

「だったら、何《なん》で犯人《はんにん》は第2《だい》の殺人現場《さつじんげんば》に赤《あか》い壁《かべ》を…」

「あれを残《のこ》しても、わかるわけないと確信《かくしん》してたって事《こと》は…」

大和警部《やまとけいぶ》とコナンはさらに考《かんが》えこむと、すぐにまた何《なに》かひらめいて顔《かお》をあげた。

「そっか！　元々《もともと》ダイイングメッセージは…」

「赤《あか》い壁《かべ》じゃなかった…」

「犯人以外《はんにんいがい》でそうしなきゃならないと思《おも》える人《ひと》は…」

「あの直木司郎《なおきしろう》しかいねぇだろーな！」

コナンと大和警部《やまとけいぶ》が勢《いきお》いこんで話《はな》していると、背後《はいご》から「ようやく…」と静《しず》かな声《こえ》が聞《き》こえた。

「ようやく、そこに辿《たど》り着《つ》きましたか…」

みんなが驚《おどろ》いて振《ふ》り返《かえ》ると、そこには諸伏警部《もろふしけいぶ》が、上原刑事《うえはらけいじ》に身体《からだ》を支《ささ》えられて立《た》っている。

「コ、高明《コウメイ》!?」

大和警部《やまとけいぶ》が驚《おどろ》き、蘭《らん》はすぐさま、「意識《いしき》が戻《もど》ったんですね！」と安堵《あんど》の表情《ひょうじょう》を浮《う》かべて駆《か》け寄《よ》った。

「ええ、ついさっき！」

上原刑事《うえはらけいじ》が笑《え》みを浮《う》かべながら答《こた》える。

「しかし、大丈夫《だいじょうぶ》か？　急《きゅう》に動《うご》いて…」

小五郎《こごろう》が心配《しんぱい》そうに声《こえ》をかけると、諸伏警部《もろふしけいぶ》は「はい、何《なん》とか…」と軽《かる》く微笑《ほほえ》んでみせた。

「そうとわかりゃ、これから犯人《はんにん》を挙《あ》げに行《い》くぞ!!」

大和警部《やまとけいぶ》が力強《ちからづよ》く宣言《せんげん》する。

だが、諸伏警部《もろふしけいぶ》は冷静《れいせい》な口調《くちょう》で応《おう》じた。

「地《ち》に画《か》きて餅《もち》を作《つく》るが如《ごと》し…啖《くら》うべからざるなり…。我々《われわれ》が辿《たど》り着《つ》いた推理《すいり》は、残念《ざんねん》ながら絵《え》に描《か》いた餅《もち》…。とても食《く》えた物《もの》ではありません…」

「つまり、証拠《しょうこ》がないってわけか…」

大和警部《やまとけいぶ》は難《むずか》しい顔《かお》でつぶやいた。残念《ざんねん》ながら諸伏警部《もろふしけいぶ》も、犯人《はんにん》を示《しめ》す証拠《しょうこ》をつかんでいたわけではないようだ。

その時《とき》、コナンが「でもさー」と口《くち》を開《ひら》いた。

「直木司郎《なおきしろう》さん、言《い》ってたんだよね？　もうすぐイタリアのレッチェって所《ところ》に行《い》くから…自分《じぶん》がいなくなったら、そこに捜《さが》しに来《き》てくれって！」

それを聞《き》いた途端《とたん》、大和警部《やまとけいぶ》と諸伏警部《もろふしけいぶ》は同時《どうじ》に息《いき》をのんだ。

「ホゥ…それは興味深《きょうみぶか》い…」

諸伏警部《もろふしけいぶ》が目《め》を細《ほそ》めて言《い》い、「だったら、俺《おれ》にいい考《かんが》えがある…」と大和警部《やまとけいぶ》も口《くち》もとに笑《え》みを浮《う》かべる。

「私《わたし》にもありますが…」

「おい！　ここは本部《ほんぶ》の俺《おれ》に任《まか》せろ…」

諸伏警部《もろふしけいぶ》と大和警部《やまとけいぶ》が言《い》い合《あ》っていると、コナンがすかさず提案《ていあん》した。

「じゃあ、こうしない？　自分《じぶん》の作戦《さくせん》を1文字《もじ》で表《あらわ》して携帯《けいたい》に表示《ひょうじ》して見《み》せっこするの！　赤壁《せきへき》の戦《たたか》いの前《まえ》の孔明《こうめい》と周瑜《しゅうゆ》みたいにさ！」

赤壁《せきへき》の戦《たたか》いにおいて、周瑜《しゅうゆ》と孔明《こうめい》は自分《じぶん》の作戦《さくせん》を口《くち》に出《だ》さず、手《て》のひらに文字《もじ》を書《か》いて同時《どうじ》に見《み》せ合《あ》ったという。それと同《おな》じことをしようと、コナンは提案《ていあん》しているのだった。

「いいでしょう…」

諸伏警部《もろふしけいぶ》が即答《そくとう》すると、大和警部《やまとけいぶ》は「ちっ！　めんどくせぇ…」と舌打《したう》ちをしつつも、渋々《しぶしぶ》携帯《けいたい》をとりだした。

携帯電話《けいたいでんわ》を開《ひら》き、無言《むごん》のまま文字《もじ》を入力《にゅうりょく》する。

「では…」

「いっせーのー…」

諸伏警部《もろふしけいぶ》と大和警部《やまとけいぶ》が携帯電話《けいたいでんわ》を同時《どうじ》に見《み》せ合《あ》うと、どちらの画面《がめん》も【空《そら》】の一文字《ひともじ》が表示《ひょうじ》されていた。

「やっぱここは…『空城《くうじょう》の計《けい》』だよね？」

コナンがニヤリと笑《わら》いながら、自分《じぶん》の携帯画面《けいたいがめん》を見《み》せる。

そこにも同《おな》じように、【空《そら》】の文字《もじ》が表示《ひょうじ》されていた。


真相《しんそう》にたどりついた大和警部《やまとけいぶ》と諸伏警部《もろふしけいぶ》は、すぐさま長野県警《ながのけんけい》の警察本部《けいさつほんぶ》の一室《いっしつ》に容疑《ようぎ》者《しゃ》たちを呼《よ》びだした。

「いい加減《かげん》にしてくださいよ、警部《けいぶ》さん…。いくら我々《われわれ》が疑《うたが》わしいからって…」

「こう何度《なんど》も呼《よ》び出《だ》されたらさー…」

「商売《しょうばい》あがったりだよ！」

突然《とつぜん》の呼《よ》びだしを食《く》らい、翠川《みどりかわ》、山吹《やまぶき》、百瀬《ももせ》の三人《さんにん》はそろって眉《まゆ》をひそめ、口々《くちぐち》に大和《やまと》警部《けいぶ》たちに向《む》かって抗議《こうぎ》の言葉《ことば》をまくしたてた。

「確《たし》かに、周作《しゅうさく》が閉《と》じ込《こ》められて餓死《がし》させられた館《やかた》に、昔《むかし》、我々《われわれ》も住《す》んではいたが…ただそれだけの事《こと》…」と、翠川《みどりかわ》。

「昨夜《ゆうべ》、司郎君《シロくん》が殺《ころ》されたっていう時間《じかん》に、私達《わたしたち》のアリバイがあやふやだったのは…ただの偶然《ぐうぜん》だと思《おも》うしー…」と、山吹《やまぶき》。

「それによォ！　さっき燃《も》やされたその館《やかた》のそばに俺《おれ》らがいたのは…誰《だれ》かにメールで呼《よ》び出《だ》されたからって言《い》っただろ？　だいいち、あの謎《なぞ》は解《と》けたのかよ？」

百瀬《ももせ》ににらみつけられ、諸伏警部《もろふしけいぶ》と大和警部《やまとけいぶ》は「謎《なぞ》というのは…」「その2人《り》の殺人現《さつじんげん》場《ば》に残《のこ》されていた…あの赤《あか》い壁《かべ》の事《こと》か？」と聞《き》き返《かえ》した。

大和警部《やまとけいぶ》の表情《ひょうじょう》が自信《じしん》に満《み》ちていることに気《き》づき、翠川《みどりかわ》は気《け》おされながらも、「え、ええ…」とうなずいた。

「その謎《なぞ》はまだ解《と》けねぇが…。どうやら、2番目《ばんめ》に殺《ころ》された直木司郎《なおきしろう》が、何《なに》かつかんでたらしいんだ…心当《こころあ》たりはねぇか？」

大和警部《やまとけいぶ》に問《と》い詰《つ》められ、翠川《みどりかわ》は「さぁ…お金《かね》に困《こま》っていた事《こと》ぐらいしか…」と肩《かた》をすくめた。

「もうすぐ旅行《りょこう》に行《い》くとか言《い》ってたけど…」

山吹《やまぶき》が補足《ほそく》すると、百瀬《ももせ》も思《おも》い出《だ》したように、「そうそう、イタリアのレッチェとかいう所《ところ》に…」と声《こえ》をあげる。

「だったら、そのレッチェって所《ところ》に大事《だいじ》な何《なに》かを隠《かく》しに、歩《ある》いて行《い》くつもりだったのかもしれないね！　司郎《しろう》さんって、自分《じぶん》がいなくなったら、そこに捜《さが》しに来《き》てって言《い》ってたみたいだし…」

コナンの言葉《ことば》に、蘭《らん》は「何《なん》で歩《ある》いてなの？」と不思議《ふしぎ》そうな表情《ひょうじょう》を浮《う》かべる。

「だって、イタリアって靴《くつ》の形《かたち》してるじゃない！」と、コナン。

イタリアを長靴《ながぐつ》の形《かたち》に例《たと》えた場合《ばあい》、レッチェはちょうど長靴《ながぐつ》の踵《かかと》の部分《ぶぶん》に相当《そうとう》する位置《いち》にある。

すると翠川《みどりかわ》が、「とにかく！」と声《こえ》をはりあげて話《はなし》をさえぎった。

「これ以上《いじょう》、我々《われわれ》を詮索《せんさく》したいなら…」

「ちゃんとした証拠《しょうこ》を見《み》つけてからにしてくれる？」

山吹《やまぶき》が冷《つめ》たくつけくわえ、百瀬《ももせ》もいらだちを隠《かく》さずに、「俺《おれ》らも暇《ひま》じゃないんでね…」と吐《は》き捨《す》てる。そして話《はなし》は終《お》わったとばかり、部屋《へや》を出《で》ていってしまった。

去《さ》っていく三人《さんにん》の背中《せなか》をじっと見《み》すえながら、大和警部《やまとけいぶ》は楽《たの》しそうにつぶやいた。

「細工《さいく》は流々《りゅうりゅう》…後《あと》は仕上《しあ》げをごろうじろてか？」

「百里《ひゃくり》行《い》く者《もの》、九十《きゅうじゅう》を半《なか》ばとす…油断《ゆだん》は禁物《きんもつ》ですよ…」

諸伏警部《もろふしけいぶ》が穏《おだ》やかな声《こえ》でたしなめると、大和警部《やまとけいぶ》は、「ああ…詰《つ》めを誤《あやま》っちゃいけねぇな…」とうなずいた。


その日《ひ》の深夜《しんや》。

直木《なおき》のアパートにこっそりと忍《しの》び寄《よ》る、怪《あや》しい人影《ひとかげ》があった。

明石周作《あかししゅうさく》と直木司郎《なおきしろう》を殺《ころ》した、この事件《じけん》の犯人《はんにん》だ。

犯人《はんにん》が再《ふたた》び現場《げんば》に戻《もど》ってきたのは、直木《なおき》の部屋《へや》に残《のこ》されたあるものを回収《かいしゅう》するためだった。

しかしアパートは警察《けいさつ》によって見張《みは》られていて、簡単《かんたん》には立《た》ち入《い》ることができない。

表口《おもてぐち》だけではなく、裏手《うらて》にもパトカーが停《と》まり、警察官《けいさつかん》たちが目《め》を光《ひか》らせている。

（くそっ…司郎《シロ》のアパート…。案《あん》の定《じょう》、裏《うら》にも警察《けいさつ》が張《は》り込《こ》んでる…。やっぱり、警察《けいさつ》でのさっきのアレは、ここにおびき寄《よ》せる罠《わな》だったか…）

犯人《はんにん》はアパートの裏手《うらて》にまわると、物陰《ものかげ》に隠《かく》れ、そっと様子《ようす》をうかがった。

しばらく見《み》ていると、警察官《けいさつかん》たちがふいにあわただしい声《こえ》をあげた。

「え？　タクシー強盗《ごうとう》？　この近《ちか》くで？」

「ああ、すぐに向《む》かえって…」

警察官《けいさつかん》たちはパトカーに乗《の》り込《こ》むと、ブロロロ…と車《くるま》を走《はし》らせ立《た》ち去《さ》っていく。

（何《なに》？　ここを離《はな》れるのか？）

犯人《はんにん》の目《め》が鋭《するど》く光《ひか》った。

（じゃあ、このアパートはもぬけの殻《から》…。忍《しの》び込《こ》むチャンスなんじゃ…）

パトカーを見送《みおく》り、再《ふたた》びアパートの方《ほう》へ視線《しせん》を向《む》けると、一人《ひとり》の男《おとこ》が道《みち》に座《すわ》り込《こ》むのが目《め》に入《はい》った。

眼鏡《めがね》をかけ、頭《あたま》にネクタイを巻《ま》いた、酔《よ》っ払《ぱら》いの男《おとこ》だ。道路《どうろ》の上《うえ》でだらしなく足《あし》を投《な》げ出《だ》している。

そのすぐそばを、帽子《ぼうし》をかぶりマスクで顔《かお》を隠《かく》した男《おとこ》が、通《とお》りすぎていった。この男《おとこ》は先《さき》ほどから、何《なに》やらこのアパートのまわりを行《い》ったり来《き》たりしている。

(いや、待《ま》て待《ま》て…)

犯人《はんにん》は二人《ふたり》の男《おとこ》の様子《ようす》をじっと観察《かんさつ》した。

(今《いま》、アパートの前《まえ》にへたり込《こ》んだ酔《よ》っ払《ぱら》いと…さっきからうろついてるマスクの男《おとこ》…。あの2人《り》のどっちかが…実《じつ》は刑事《けいじ》だって事《こと》も…)

と、その時《とき》、小《ちい》さなキャップをかぶった、明《あか》るい髪《かみ》の色《いろ》の少年《しょうねん》が現《あらわ》れた。

(ん?)

犯人《はんにん》が見《み》ていると、少年《しょうねん》は無邪気《むじゃき》な声《こえ》で酔《よ》っ払《ぱら》いに話《はな》しかけた。

「おじさん、こんな所《ところ》で寝《ね》てると風邪《かぜ》ひいちゃうよ!」

「うるへぇ~!! ガキはすっこんでろ!! バァロー、課長《かちょう》が何《なん》だってんだ…」

酔《よ》っ払《ぱら》いに怒鳴《どな》られると、少年《しょうねん》は驚《おどろ》いた顔《かお》になって走《はし》り去《さ》っていった。

(酔《よ》っ払《ぱら》いは違《ちが》うか…)

もしも刑事《けいじ》の変装《へんそう》ならば、こんなふうに乱暴《らんぼう》に少年《しょうねん》を怒鳴《どな》りつけるようなことはしないだろう。

その時《とき》、アパートの前《まえ》にまた新《あら》たな人影《ひとかげ》が現《あらわ》れた。

男女《だんじょ》の二人組《ふたりぐみ》だ。

(誰《だれ》か来《き》た…)

犯人《はんにん》は物陰《ものかげ》に身《み》をひそめたまま、暗《くら》がりからそっと様子《ようす》をうかがった。

帽子《ぼうし》をかぶりサングラスをかけた色黒《いろぐろ》の男《おとこ》が、ふらつきながら歩《ある》いている。だいぶ酔《よ》っているようだ。隣《となり》にはサングラスをかけた、明《あか》るい色《いろ》の巻《ま》き髪《がみ》の女《おんな》がいて、色黒《いろぐろ》の男《おとこ》を支《ささ》えていた。

「ちょっとあんた…大丈夫《だいじょうぶ》かい？　もう飲《の》むのはお開《ひら》きにして帰《かえ》ろーよ！」

「ハン！　あと2~3軒《けん》は軽《かる》いってーの！」

色黒《いろぐろ》の男《おとこ》が豪快《ごうかい》に笑《わら》いながら答《こた》えたが、次《つぎ》の瞬間《しゅんかん》、座《すわ》り込《こ》んでいた眼鏡《めがね》の酔《よ》っ払《ぱら》いの足《あし》に、ガッとつまずいてしまった。

「ちょっ…」

隣《となり》の女《おんな》があわてて手《て》をのばすが、間《ま》に合《あ》わず、色黒《いろぐろ》の男《おとこ》は派手《はで》に転《ころ》んでしまう。

「あ、しいましぇ~ん…」

眼鏡《めがね》の酔《よ》っ払《ぱら》いがふらふらと手《て》を振《ふ》りながら謝《あやま》る。

「痛《いた》たたた、足《あし》が折《お》れたあぁぁ!!」

色黒《いろぐろ》の男《おとこ》は大《おお》げさに足《あし》をかかえると、「コラ、てめぇ!!　医者代《いしゃだい》100万出《まんだ》してもらおうか!!」と眼鏡《めがね》の酔《よ》っ払《ぱら》いのえりもとをつかんだ。

「ひゃ、100万《まん》って…そんな大金《たいきん》、持《も》ってないですよ!!」

「んじゃ、財布《さいふ》ごとよこしな!　それで勘弁《かんべん》してやる!」

色黒《いろぐろ》の男《おとこ》が声《こえ》を荒《あら》らげながら詰《つ》め寄《よ》る。

二人《ふたり》のやりとりを見《み》ていた犯人《はんにん》は、(か、喝上《かつあ》げ…)と驚《おどろ》きを隠《かく》せなかった。

(もしもマスクの男《おとこ》が刑事《けいじ》なら…これを見逃《みのが》すわけが…)

ちらりと見《み》ると、マスクの男《おとこ》は酔《よ》っ払《ぱら》いたちのやりとりには興味《きょうみ》を示《しめ》さず、相変《あいか》わらずアパートの周辺《しゅうへん》をうろついている。

その時《とき》、アパートの二階《にかい》の部屋《へや》の窓《まど》が開《あ》き、若《わか》い女性《じょせい》がベランダに出《で》てきた。直木《なおき》の部屋《へや》の、ちょうど隣《となり》だ。

女性《じょせい》はのんきに下着《したぎ》を干《ほ》し始《はじ》める。

その間《あいだ》に、色黒《いろぐろ》の男《おとこ》とサングラスの女《おんな》は眼鏡《めがね》の酔《よ》っ払《ぱら》いから財布《さいふ》を奪《うば》い、「へへ…飲《の》み代《しろ》ができたぜ…」とニヤつきながら去《さ》っていってしまった。

やがて下着《したぎ》を干《ほ》し終《お》えた女性《じょせい》が部屋《へや》の中《なか》に戻《もど》ると、マスクの男《おとこ》は周囲《しゅうい》を警戒《けいかい》しつつ、塀《へい》をよじ登《のぼ》り始《はじ》めた。

（ま、まさかあの男《おとこ》…下着《したぎ》ドロ!?）

犯人《はんにん》は目《め》を疑《うたが》った。

マスクの男《おとこ》は女性《じょせい》のベランダに忍《しの》びこむと、干《ほ》されたばかりの下着《したぎ》をすばやく懐《ふところ》に入《い》れ、ベランダづたいに隣《となり》の直木《なおき》の部屋《へや》へと移動《いどう》した。

（おいおい…こ、今度《こんど》は司郎《シロ》の部屋《へや》に…入《はい》った…。バカな!? そんな事《こと》をすれば…アパートの表《おもて》に張《は》り込《こ》んでる警察《けいさつ》が…）

犯人《はんにん》は急《いそ》いでアパートの表側《おもてがわ》にまわりこんだ。

しかし、そこにパトカーや警察官《けいさつかん》の姿《すがた》はない。

（い、いない…そうか、ここで張《は》ってたパトカーも、タクシー強盗《ごうとう》の現場《げんば》に…）

しばらくすると、直木《なおき》の部屋《へや》のドアが開《あ》き、マスクの男《おとこ》が周囲《しゅうい》の様子《ようす》をうかがいながら出《で》てきた。

（司郎《シロ》の部屋《へや》からさっきの男《おとこ》が…）

マスクの男《おとこ》は、満足《まんぞく》げな様子《ようす》で鼻歌《はなうた》まじりに去《さ》っていく。

(喝上《かつあ》げに下着《したぎ》ドロに空《あ》き巣《す》…)

これだけの犯罪《はんざい》が連続《れんぞく》して起《お》きても警察《けいさつ》が動《うご》かない状況《じょうきょう》を見《み》て、犯人《はんにん》は確信《かくしん》した。

(間違《まちが》いない！　警察《けいさつ》は張《は》ってない…)

犯人《はんにん》は直木《なおき》の部屋《へや》のドアをそっと開《あ》け、中《なか》へと侵入《しんにゅう》した。

(今《いま》の内《うち》に…例《れい》の物《もの》を…どれだ⁉　どの靴《くつ》に隠《かく》した？)

玄関《げんかん》に並《なら》んだ靴《くつ》を次々《つぎつぎ》と手《て》にとり、靴底《くつぞこ》を調《しら》べ始《はじ》める。

その時《とき》、ドアの外《そと》からふいに子供《こども》の声《こえ》がした。

「もしかしてさー…この靴《くつ》なんじゃない？　探《さが》してるの…」

犯人《はんにん》が驚《おどろ》いて振《ふ》り返《かえ》ると、そこには、先《さき》ほど酔《よ》っ払《ぱら》いに追《お》い払《はら》われたはずの少年《しょうねん》が立《た》っていた。手《て》に革靴《かわぐつ》を持《も》っている。

「靴《くつ》の踵《かかと》が外《はず》れるようになってて、中《なか》に携帯電話《けいたいでんわ》のメモリーカードが入《はい》ってるよ！　そう…イタリアのレッチェ地方《ちほう》に当《あ》たる踵《かかと》の部分《ぶぶん》にね！」

少年《しょうねん》は落《お》ち着《つ》いた口調《くちょう》で言《い》いながら、革靴《かわぐつ》の踵《かかと》の部分《ぶぶん》をパカッと外《はず》した。少年《しょうねん》の言《い》ったとおり、そこには小《ちい》さなメモリーカードが入《はい》っている。

「な、何《なん》なんだ、お前《まえ》は⁉」

「やだなー、何度《なんど》も会《あ》ったのに忘《わす》れちゃったの？」

少年《しょうねん》はキャップを脱《ぬ》ぎ、明《あか》るい髪色《かみいろ》のウィッグを外《はず》した。そして、ポケットから眼鏡《めがね》をとりだして顔《かお》にかけると、堂々《どうどう》と名乗《なの》ってみせた。

「江戸川《えどがわ》コナン…探偵《たんてい》さ…」

「た、探偵《たんてい》？」

犯人《はんにん》ががくぜんとする中《なか》、コナンの背後《はいご》から次々《つぎつぎ》と人影《ひとかげ》が現《あらわ》れた。

色黒《いろぐろ》の男《おとこ》、眼鏡《めがね》の酔《よ》っ払《ぱら》い、マスクの男《おとこ》、色黒《いろぐろ》の男《おとこ》を支《ささ》えていた女《おんな》、そして下着《したぎ》を干《ほ》していた女《おんな》――みなそれぞれ、変装《へんそう》を外《はず》し始《はじ》める。

色黒《いろぐろ》の男《おとこ》の正体《しょうたい》は大和警部《やまとけいぶ》、眼鏡《めがね》の酔《よ》っ払《ぱら》いは諸伏警部《もろふしけいぶ》、マスクの男《おとこ》は小五郎《こごろう》、色黒《いろぐろ》の男《おとこ》を支《ささ》えていた女《おんな》は上原刑事《うえはらけいじ》、そして下着《したぎ》を干《ほ》していた女《おんな》は蘭《らん》だった。

「でも、まさか…」

大和警部《やまとけいぶ》が一歩前《いっぽまえ》に出《で》る。

「我々《われわれ》の事《こと》は…」

諸伏警部《もろふしけいぶ》が鋭《するど》い視線《しせん》を投《な》げ、小五郎《こごろう》が「忘《わす》れちゃいない…」と続《つづ》けると、上原刑事《うえはらけいじ》も「よね？」と冷《ひ》ややかに言葉《ことば》を添《そ》える。

「翠川尚樹《みどりかわなおき》さんよォ！」

最後《さいご》に、大和警部《やまとけいぶ》が声《こえ》をはりあげると、名前《なまえ》を呼《よ》ばれた犯人《はんにん》――翠川《みどりかわ》はその場《ば》にへたり込《こ》んで「じゃあ、やっぱりさっきの喝上《かつあ》げや空《あ》き巣《す》は…」とつぶやいた。

「ああ、空城《くうじょう》の計《けい》だ！」

大和警部《やまとけいぶ》が堂々《どうどう》と答《こた》え、諸伏警部《もろふしけいぶ》が静《しず》かな口調《くちょう》で説明《せつめい》を続《つづ》けた。

「パトカーを引《ひ》き上《あ》げただけでは、そう見《み》せかけて実《じつ》はまだ刑事《けいじ》が潜《ひそ》んでいるかもと疑《うたが》うでしょうが…その心理状態《しんりじょうたい》の中《なか》…アパートの周《まわ》りにいた者達《ものたち》が刑事《けいじ》らしからぬ行動《こうどう》を取《と》り、なおかつ、犯罪《はんざい》が多発《たはつ》すれば、貴方《あなた》の警戒心《けいかいしん》を容易《ようい》に解《と》く事《こと》ができる…。つまり、これはわざと隙《すき》を作《つく》り、相手《あいて》を誘《さそ》う罠《わな》だと見《み》せて逆《ぎゃく》に寄《よ》せつけないという、本来《ほんらい》の『空城《くうじょう》の計《けい》』の裏《うら》をかいた計略《けいりゃく》ですよ…」

翠川《みどりかわ》は唇《くちびる》を噛《か》みしめ、うつむいた。

「やはり、警察《けいさつ》で靴《くつ》を匂《にお》わせたのは、ここへ誘《さそ》い出《だ》して犯人《はんにん》を割《わ》り出《だ》すための罠《わな》だったか…」

「いや、最初《さいしょ》からあんたがここに来《く》ると思《おも》ってたぜ？」

大和警部《やまとけいぶ》が翠川《みどりかわ》を鋭《するど》い目《め》でにらみつけると、翠川《みどりかわ》は「え？」と顔《かお》をあげた。

「引《ひ》っ掛《か》かっていたんだよ…第《だい》1の事件《じけん》で被害者《ひがいしゃ》が遺《のこ》したダイイングメッセージを、何《なん》で第《だい》2の殺人現場《さつじんげんば》に犯人《はんにん》が遺《のこ》したかって事《こと》が…。だが、あの赤《あか》い壁《かべ》が元々《もともと》、被害者《ひがいしゃ》が遺《のこ》したメッセージじゃなかったとしたら…」

「そう…。被害者《ひがいしゃ》でも犯人《はんにん》でもない第三者《だいさんしゃ》によって赤《あか》く塗《ぬ》り潰《つぶ》された物《もの》だとしたら…。犯《はん》人《にん》が捜査《そうさ》を撹乱《かくらん》するためにわざと第《だい》2の現場《げんば》に遺《のこ》したのもうなずけます…」と、諸伏警部《もろふしけいぶ》。

「じゃあ、その第三者《だいさんしゃ》が直木司郎《なおきしろう》さんだったのか？」

小五郎《こごろう》が眉《まゆ》をひそめて問《と》いかけると、大和警部《やまとけいぶ》は「ああ…」とうなずいた。

「犯人以外《はんにんいがい》で明石《あかし》のメッセージを塗《ぬ》り潰《つぶ》した奴《やつ》がいたんなら、カタカナでこう書《か》いてあったとしか思《おも》えねぇんだよ…。『ワタシハ、ナオキニコロサレタ』…つまり、翠川尚樹《みどりかわなおき》…あんたに殺《ころ》されたってな！」

大和警部《やまとけいぶ》の声《こえ》が響《ひび》くと、上原刑事《うえはらけいじ》は「なるほど…」と納得《なっとく》した。

「そのメッセージを偶然《ぐうぜん》、金《かね》をせびりにやって来《き》た直木司郎《なおきしろう》さんが見《み》つけ、自分《じぶん》の事《こと》だと勘違《かんちが》いして赤《あか》く塗《ぬ》り潰《つぶ》したのね…」

「でも、カタカナじゃなく漢字《かんじ》で書《か》けば勘違《かんちが》いしなかったのに…」

不思議《ふしぎ》そうに言《い》う蘭《らん》に、コナンが、「スプレーで書《か》いたからなんじゃない？　細《こま》かい字《じ》は潰《つぶ》れちゃうから…」と指摘《してき》する。

「そして、その字《じ》を同《おな》じ赤《あか》いスプレーで塗《ぬ》り潰《つぶ》している最中《さいちゅう》に、司郎《しろう》さんは気《き》づいたんです…。このナ・オ・キは自分《じぶん》の苗字《みょうじ》の直木《ナオキ》ではなく、明石《あかし》さんが唯一《ゆいいつ》名前《なまえ》で呼《よ》んでいた、翠川《みどりかわ》尚樹《ナオキ》さんを指《さ》しているとね…」

「んで、その消《け》しかけの字《じ》を、携帯《けいたい》の写《しゃ》メで撮《と》ってあんたを強請《ゆす》るネタにしたんだ…違《ちが》うか？」

諸伏警部《もろふしけいぶ》と大和警部《やまとけいぶ》にさらに追《お》い詰《つ》められ、翠川《みどりかわ》は言《い》い逃《のが》れさえできずに、がっくりとうなだれた。

「あ、ああ…『これ以上《いじょう》、警察《けいさつ》に黙《だま》っていられない！　高飛《たかと》びできる大金《たいきん》をよこせ』なんて言《い》うから…呼《よ》び出《だ》されたこの部屋《へや》で、司郎《シロ》の首《くび》を…。くそっ！　周作《しゅうさく》を餓死《がし》させた部屋《へや》に、司郎《シロ》が入《はい》らなければ…私《わたし》が壁《かべ》を赤《あか》く塗《ぬ》り潰《つぶ》していれば…」

吐《は》き捨《す》てる翠川《みどりかわ》に、コナンが「あれれー？」と口《くち》をはさむ。

「もしかしてオジさん、まだ赤《あか》い壁《かべ》の意味《いみ》わかってないの？　あれは補色残像《ほしょくざんぞう》っていって、ある色《いろ》をじっと見《み》た後《あと》に別《べつ》の所《ところ》を見《み》ると、さっきまで見《み》てた色《いろ》の補色《ほしょく》が目《め》に残《のこ》っちゃう残《ざん》像《ぞう》を使《つか》ったメッセージで…。赤《あか》の補色《ほしょく》は緑《みどり》だから、あの赤《あか》い壁《かべ》はミドリって呼《よ》ばれてた翠《みどり》川《かわ》さんが犯人《はんにん》だって言《い》ってるんだよ！」

「えぇ⁉」

「ホラ、手術着《しゅじゅつぎ》って薄緑色《うすみどりいろ》でしょ？ あれは、手術中《しゅじゅつちゅう》に赤《あか》い血《ち》を見《み》てると補色《ほしょく》の緑《みどり》がチラついて集中《しゅうちゅう》できないのを、同《おな》じ緑《みどり》で吸収《きゅうしゅう》して和《やわ》らげるため…」

まるで大人《おとな》のような口調《くちょう》で理路整然《りろせいぜん》と話《はな》していたコナンだが、蘭《らん》やまわりの大人《おとな》に不自《ふし》然《ぜん》に思《おも》われていないか急《きゅう》に心配《しんぱい》になって、「――ってTV《テレビ》でやってたよ！」と、最後《さいご》に子《こ》供《ども》らしい口調《くちょう》でつけくわえた。

蘭《らん》は特《とく》に怪《あや》しんだ様子《ようす》もなく、「へー…」と感心《かんしん》した表情《ひょうじょう》だ。

「でも、そんなメッセージ…ノーヒントでわかるわけが…」

翠川《みどりかわ》が歯《は》ぎしりしながら言《い》い返《かえ》すと、大和警部《やまとけいぶ》が言《い》い放《はな》った。

「いや、その布石《ふせき》はちゃんと打《う》ってあったぜ？ 赤《あか》い壁《かべ》に向《む》けて白《しろ》い椅子《いす》、白《しろ》い壁《かべ》に向《む》けて黒《くろ》い椅子《いす》が釘付《くぎづ》けされていたのが、それだ！ しかも、明石周作《あかししゅうさく》はチェス好《ず》きだった…。チェスは白《しろ》が先手《せんて》で黒《くろ》が後手《ごて》…先《さき》に白《しろ》い椅子《いす》に座《すわ》って、赤《あか》い壁《かべ》を見《み》た後《あと》で黒《くろ》い椅子《いす》に座《すわ》って白《しろ》い壁《かべ》を見《み》ると、翠川《あんた》を示《しめ》す緑色《みどりいろ》が目《め》に残《のこ》るって算段《さんだん》だ！」

「つまり、自分《じぶん》の遺体《いたい》を最初《さいしょ》に発見《はっけん》するのは恐《おそ》らく貴方《あなた》だろうと踏《ふ》み、何《なに》を書《か》いても消《け》されると危惧《きぐ》した周作《しゅうさく》さんは…たとえ貴方《あなた》に塗《ぬ》り潰《つぶ》されたとしても、貴方《あなた》が犯人《はんにん》だとわかるメッセージを遺《のこ》したんですよ！」

諸伏警部《もろふしけいぶ》の言葉《ことば》に、蘭《らん》は「ま、まさに『死《し》せる孔明《こうめい》、生《い》ける仲達《ちゅうたつ》を走《はし》らす』ですね!!」と手《て》を握《にぎ》りしめて言《い》った。

「その通《とお》り…」と、諸伏警部《もろふしけいぶ》。

翠川《みどりかわ》に発見《はっけん》されて塗《ぬ》りつぶされることまで見越《みこ》したうえで、明石《あかし》はダイイングメッセージを残《のこ》していた――そのことを知《し》らされた翠川《みどりかわ》は「『たとえ私《わたし》に塗《ぬ》り潰《つぶ》されても』か…」と苦笑《くしょう》した。

「いい気《き》なもんだ…。自分《じぶん》は大切《たいせつ》な絵《え》を塗《ぬ》り潰《つぶ》し…大切《たいせつ》な人《ひと》をむざむざ死《し》なせてしまったというのに…」

「そ、その絵《え》ってまさか…」

蘭《らん》の問《と》いかけに、翠川《みどりかわ》は力《ちから》なくうなずいた。

「ああ…葵《アオ》ちゃんが心臓発作《しんぞうほっさ》で倒《たお》れるまで探《さが》し続《つづ》けた、周作《しゅうさく》が昔《むかし》、描《か》いたっていう葵《アオ》ちゃんの肖像画《しょうぞうが》…。その絵《え》が見《み》つかったんだよ!! 去年《きょねん》、私《わたし》が買《か》った、全《まった》く別《べつ》の肖像画《しょうぞうが》の下《した》からな‼」

上原刑事《うえはらけいじ》が「下《した》からって…」と戸惑《とまど》う。

「なんとなく葵《アオ》ちゃんに似《に》てるから買《か》ったんだが、もしやと思《おも》いX線《エックスせん》で検査《けんさ》してもらったらわかったんだ！　葵《アオ》ちゃんの肖像画《しょうぞうが》を白《しろ》く塗《ぬ》り潰《つぶ》して、その上《うえ》から別《べつ》の絵《え》を描《か》いたって事《こと》がな‼」

「そ、そんな…」

上原刑事《うえはらけいじ》が絶句《ぜっく》すると、翠川《みどりかわ》は目《め》に涙《なみだ》を浮《う》かべながら続《つづ》けた。

「確《たし》かに周作《しゅうさく》の絵《え》が注目《ちゅうもく》され始《はじ》めたのはここ2～3年《ねん》…。その絵《え》を描《か》いた頃《ころ》は、キャンバスを買《か》う金《かね》にも困《こま》っていたから、そうしたのはやむを得《え》なかったかもしれないが…。どーして、奴《やつ》はその事《こと》を葵《アオ》ちゃんに言《い》わなかったんだ⁉　ひと言《こと》、葵《アオ》ちゃんにその事《こと》を明《あ》かしてくれさえすれば、葵《アオ》ちゃんは死《し》なずに済《す》んだのに…。何《なん》で何《なに》も答《こた》えず、部屋《へや》にこもって絵《え》なんかを…。…だから、私《わたし》は葵《アオ》ちゃんの苦《くる》しみを奴《やつ》にも思《おも》いしらせてやるために、部屋《へや》に閉《と》じ込《こ》めて…」

感情《かんじょう》をあらわにする翠川《みどりかわ》をなだめるように、諸伏警部《もろふしけいぶ》が冷静《れいせい》に口《くち》を開《ひら》いた。

「…葵《あおい》さんが亡《な》くなった翌日《よくじつ》…あの館《やかた》を訪《おとず》れた時《とき》、庭《にわ》で1枚《まい》の絵《え》が燃《も》やされていました…。

まだ絵《え》の具《ぐ》が乾《かわ》ききっていない…葵《あおい》さんの肖像画《しょうぞうが》がね…」

「じゃあ、周作《しゅうさく》さんが部屋《へや》にこもって描《か》いてた絵《え》って…」

蘭《らん》の言葉《ことば》に、諸伏警部《もろふしけいぶ》が「恐《おそ》らくその絵《え》でしょう…」と続《つづ》けた。

「葵《あおい》さんに何《なに》も告《つ》げず黙々《もくもく》とその絵《え》を仕上《しあ》げていたのは…翌日《よくじつ》の葵《あおい》さんの誕生日《たんじょうび》に間《ま》に合《あ》わせ驚《おどろ》かせるため…」

明石周作《あかししゅうさく》は誕生日《たんじょうび》に絵《え》を贈《おく》るほど、葵《あおい》を大切《たいせつ》にしていた——。

そのことを知《し》らされた翠川《みどりかわ》は、真《ま》っ青《さお》になって、「そ、そんな…そんな…」と言葉《ことば》を失《うしな》った。

諸伏警部《もろふしけいぶ》が静《しず》かに言《い》う。

「『疎《うと》きは親《した》しきを間《へだ》てず』…。親密《しんみつ》な間柄《あいだがら》の者《もの》に部外者《ぶがいしゃ》は口《くち》を出《だ》してはならない、という事《こと》だったのかもしれませんね…」


翠川《みどりかわ》は上原刑事《うえはらけいじ》に肩《かた》をかかえられ、重《おも》たい足《あし》どりで連行《れんこう》されていった。

その背中《せなか》をじっと見送《みおく》りながら、大和警部《やまとけいぶ》は隣《となり》の諸伏警部《もろふしけいぶ》に、「んじゃ、高明《コウメイ》！　後《あと》は任《まか》せた！」と声《こえ》をかけた。

「まあ、あの赤《あか》い壁《かべ》の謎《なぞ》を最初《さいしょ》に解《と》いたのはお前《まえ》だ！　少々《しょうしょう》シャクだが、事件《じけん》の報告書《ほうこくしょ》頼《たの》んだぜ！」

すると諸伏警部《もろふしけいぶ》はフッと笑《わら》い、「やはりそうでしたか…」とつぶやいた。

「あん？」

「君《きみ》はあの少年《しょうねん》を、監視役《かんしやく》として私《わたし》に付《つ》けたと言《い》っていたようですが…仮《かり》にも容疑者《ようぎしゃ》の1人《り》として名《な》を連《つら》ねる私《わたし》に、その行為《こうい》は危険過《きけんす》ぎる…。君《きみ》は最初《さいしょ》から私《わたし》を微塵《みじん》も疑《うたが》いもせず、あの白眉《はくび》の少年《しょうねん》を私《わたし》に帯同《たいどう》させたんですね…。事件《じけん》の真相《しんそう》を見抜《みぬ》く相棒《あいぼう》として…」

大和警部《やまとけいぶ》はごまかすように笑《わら》った。

「おいおい、まだ小僧《こぞう》だぞ？」

「第《だい》2の殺人現場《さつじんげんば》の赤《あか》い壁《かべ》を見《み》て、これは警察《けいさつ》に対《たい》する挑発《ちょうはつ》だと我々《われわれ》が熱《いき》り立《た》っている最中《さなか》…あの少年《しょうねん》だけはこう言《い》ってました…」

――でも犯人《はんにん》、怖《こわ》くなかったのかなぁ？　現場《げんば》の事詳《ことくわ》しく知《し》らなかったのに、ダイイングメッセージ真似《まね》しちゃうなんてさ！

赤《あか》い壁《かべ》についてコナンが言《い》ったことを繰《く》り返《かえ》しながら、諸伏警部《もろふしけいぶ》は続《つづ》けた。

「あの言葉《ことば》がなければ、赤《あか》い壁《かべ》の真相《しんそう》に辿《たど》り着《つ》けたかどうか…。証拠《しょうこ》の隠《かく》し場所《ばしょ》もしかり…。証拠《しょうこ》がないと我々《われわれ》が考《かんが》えを巡《めぐ》らせている時《とき》に、レッチェの情報《じょうほう》を少年《しょうねん》が口《くち》にしたから答《こた》えが導《みちび》かれた…。そうやって私《わたし》に事件《じけん》を解《と》かせ、手柄《てがら》を与《あた》えて長野県警本部《ながのけんけいほんぶ》に復帰《ふっき》させる算段《さんだん》だったという所《ところ》でしょうか…」

諸伏警部《もろふしけいぶ》は言葉《ことば》をきると、大和警部《やまとけいぶ》をじろりとにらんで、「余計《よけい》な事《こと》を…」とボヤいた。

大和警部《やまとけいぶ》が「フン!」と鼻《はな》を鳴《な》らす。

「立場《たちば》が逆《ぎゃく》だったら、お前《まえ》も似《に》たような事《こと》してたんじゃねーのか?」

「いやいや…。私《わたし》は君《きみ》のように甘《あま》くはありません…」

「何《なに》⁉」

「私《わたし》ならもっと巧妙《こうみょう》にやったと思《おも》いますよ…君《きみ》に露《つゆ》ほども気取《けど》られないように…」

「ああそうかい、わかったよ! この事件《じけん》は俺《おれ》がもらう‼ 一生《いっしょう》、所轄《ショカツ》で燻《くすぶ》っていやがれ‼」

大和警部《やまとけいぶ》は悔《くや》しそうに吐《は》き捨《す》てると、諸伏警部《もろふしけいぶ》に背《せ》を向《む》け、杖《つえ》をつきながら早足《はやあし》で去《さ》っていってしまった。

諸伏警部《もろふしけいぶ》は、そんな大和警部《やまとけいぶ》の背中《せなか》を見《み》つめ、口《くち》もとに淡《あわ》い笑《え》みを浮《う》かべたまま沈黙《ちんもく》する。そして背後《はいご》を振《ふ》り返《かえ》り、蘭《らん》と話《はな》しているコナンの方《ほう》を見《み》ながら、内心《ないしん》で静《しず》かに思索《しさく》をめぐらせた。
(でも敢助君《かんすけくん》…この少年《しょうねん》に会《あ》わせてくれた事《こと》は、とても感謝《かんしゃ》していますよ…。お陰《かげ》で私《わたし》の脳裏《のうり》に蘇《よみがえ》りました…。私《わたし》が最《もっと》も愛《あい》した本《ほん》の…最《もっと》も愛《あい》したフレーズが…)

諸伏警部《もろふしけいぶ》が頭《あたま》に思《おも》い浮《う》かべていたのは、愛読《あいどく》する『2年A組《ねんエーぐみ》の孔明君《こうめいくん》』の作中《さくちゅう》に登場《とうじょう》する一節《いっせつ》だ。

――その少年《しょうねん》は何《なに》もかも見透《みす》かしたような涼《すず》やかな瞳《ひとみ》で静《しず》かに…そして重々《おもおも》しく真相《しんそう》を語《かた》り始《はじ》めた…。そう…あの名軍師《めいぐんし》・諸葛亮孔明《しょかつりょうこうめい》のように…。

The detective's work is never done.

Shogakukan Junior Bunko

★小学館ジュニア文庫★

名探偵コナン

長野県警セレクション　宿命の三人組《トリオ》

2025年 4 月23日　初版第 1 刷発行

著／酒井 匙
原作・イラスト／青山剛昌

発行人／畑中雅美
編集人／杉浦宏依

発行所／株式会社　小学館
〒101-8001　東京都千代田区一ツ橋２－３－１
電話／編集　03-3230-5105
販売　03-5281-3555

印刷・製本／中央精版印刷株式会社

デザイン／石沢将人＋ベイブリッジ・スタジオ

ISBN 978-4-09-231508-2